Im Jahr 2013 wurde von der Stadt Hessisch Oldendorf erstmals ein Schreibprojekt „Senioren schreiben Geschichten" realisiert. Nach einem zufriedenstellenden Erfolg beschloss man im letzten Jahr ein neues Schreibprojekt 2015; eine Fortsetzung, jedoch mit geändertem Konzept.

In diesem Jahr fand sich nun eine Redaktion aus dem Kreis der Autoren. Davon war ein Mitglied letztlich auch bereit, als Herausgeber für das neue Buch die Mühe und Verantwortung auf sich zu nehmen.

Leider fanden wir keine Lektoren. Deshalb übernahm der Herausgeber diese ungewohnte, zeitaufwendige Tätigkeit selbst:
Eine neue, sehr interessante Arbeit, die ebenso spannend ist, wie ein fertiges Buch zu lesen oder ein Foto-Motiv in ein aussagekräftiges Bild umzuwandeln.

An dieser Stelle sei Frau Stephanie Wagener herzlich gedankt für ihre redaktionelle Beratung und Begleitung, trotz der hauptberuflichen Auslastung an ihrem Arbeitsplatz in dieser unruhigen Zeit der Flüchtlinge und Asylsuchenden aus südlichen Ländern.

Herausgeber
Buchprojekt 2015

Ferdinand Alms

Gestaltung und Fotos

Ferdinand Alms (©)

Cover-Foto Titelseite:
Cover-Foto Rückseite:

Weserbogen mit Hohenstein
Misteln im Stadtknick

Literarisches Strandgut

Unterhaltsames und Nachdenkliches -
Fundstücke von beiden Seiten der Weser

Buchprojekt 2015

Bibliografische Information:
Die Deutsche Nationalbibliothek verzeichnet diese Publikation
in der Deutschen Nationalbibliografie; detaillierte bibliografische
Daten sind im Internet über www.dnb.de abrufbar.

Herstellung und Verlag   Books on Demand GmbH
BoD   22848 Norderstedt

ISBN: 978-3-7386-5820-0

Inhaltsverzeichnis

Vorwort des Bürgermeisters

Einige Bewohner aus dem Stadtgebiet Hessisch Oldendorf haben Gedanken niedergeschrieben, die sich im Laufe ihrer freien Zeit, an Abenden oder in Nächten, zu prosaischer oder lyrischer Literatur verdichtet hatten. Auf Initiative unserer Stadt wurde ihnen an dieser Stelle nun erneut eine Möglichkeit gegeben, diese Texte auf einfache Weise in einer Sammlung zu veröffentlichen, damit die Leser sich mehr oder minder darin widerspiegeln oder unterhalten können.

Die Autoren wollen sich nicht mit erfolgreichen Dichtern und Schriftstellern messen, aber alle etwas erzählen: aus ihrem Wissen, ihrer Erinnerung und Lebenserfahrung heraus, in Form einer Anekdote, eines Gedichts oder Essays.

Die Geschichten handeln von Erlebnissen oder beobachteten Ereignissen aus dem weitgefassten Gebiet des Wesertales; handeln aber auch von den Eindrücken, die die Autoren zu nachdenklichen Menschen gemacht haben, wie sie heute nun sind.

Lassen Sie sich überraschen, liebe Leser!

Harald Krüger

Die Geschichte zu den Geschichten

Klein Berlin
Version 1:

Einem Berliner Gast, der um 1850 mit seiner Familie nach Hemeringen gekommen ist um die frische Luft, das gesunde Essen und die Natur im Weserbergland zu genießen, hat es hier angesichts der Freundlichkeit der Bewohner, der stattlichen Anzahl von Bauernhöfen und Mühlen, und nicht zuletzt wegen der Gasthöfe so gut gefallen, dass er Hemeringen kurzerhand in „Klein Berlin" umbenannt hat.

Klein Berlin
Version 2:

Die zweite Version der Namengebung wurde mir von einem Haverbecker übermittelt. Seinen Recherchen zur Folge waren die Hemeringer bereits vor der Annexion des Königreichs Hannover durch das Königreich Preußen im Jahre 1866 pro preußisch eingestellt. Die umliegenden Bergdörfer hatten wohl nicht den politischen Weitblick wie die Hemeringer oder lebten politisch „hinterm Berge". Sie trauerten dem Königreich Hannover noch bis ins 20. Jahrhundert nach. Weil Hemeringen bereits so früh mit den Preußen sympathisierte nannten sie es spöttisch und boshaft „Klein Berlin".

Nach der Veröffentlichung meiner kleinen Geschichten wurde mir von älteren Hemeringer Einwohnern die erste Version als wahrscheinlich bestätigt. Tatsächlich waren im 19. Jahrhundert nachweislich und sogar namentlich bekannt, wiederholt Feriengäste aus Berlin in Hemeringen. Diese wohnten immer im Dorfkrug, heute Hemeringer Straße 54.

Weil dieses sehr außergewöhnlich für die damalige Zeit war, gaben die Hemeringer voll Stolz ihrem Ort den Namen Klein Berlin. Dieser Name hat sich dann sehr schnell, auch in den umliegenden Ortschaften, als zweiter Ortsname für Hemeringen eingebürgert. Ganz gleich, welche Version die richtige ist – die heute hier lebenden Hemeringer sind stolz auf ihr Klein Berlin.

Beide Geschichten sind frei erfunden und eventuelle Ähnlichkeiten von Namen und Personen nicht beabsichtigt.

Jörg Künne

Klein Berlin
Version 1

Dem Hutfabrikanten Bangemann aus Berlin Friedrichshain war es immer wieder ein Graus, zusammen mit seiner Familie die Verwandten seiner Frau im welfischen Hameln zu besuchen. Er hasste diese einmal im Jahr anstehende, beschwerliche Reise. Volle Abteile in der Eisenbahn, umsteigen in Magdeburg und Braunschweig und dann die schlechten Wege ab Hannover in der Postkutsche. Dazu die Aussicht auf die provinzielle Verwandtschaft, die als welfentreue Leute immer wieder mit ihm über die preußische Politik diskutieren wollte, ließen ihn alljährlich nach Ausreden suchen, um die Reise nach Hameln nicht mit antreten zu müssen.

Aber alle Ausreden nützten nichts. Seine Frau bestand darauf, dass er sie und die Kindern begleitete. Angesichts der Tatsache, dass sein Schwiegervater ihm vor 15 Jahren das Geld gegeben hatte um in Berlin eine Hutfabrik zu gründen, blieb ihm letztendlich nichts anderes übrig, als die jährliche Tortur über sich ergehen zu lassen.

Man war jetzt im Jahre 1854. Wirtschaftlich ging es bergauf, vor allem seit er den Titel „Königlicher Hutmacher" verwenden durfte. Die Löhne für die Arbeiter und Frauen waren gering und der Titel „Königlicher Hutmacher" tat ein Übriges, um seine Geschäfte voran zu bringen.

Nun aber saß er hier in Hameln und musste das übliche Gerede über Wirtschaft, Politik und Bürgertum im Königreich Hannover über sich ergehen lassen. Es gab aber einen Lichtblick. Für den kommenden Sonntag war ein Ausflug in das benachbarte Hemeringen geplant. Dort würde dem Vernehmen nach ein Fest stattfinden, welches die Niederlage der napoleonischen Truppen vor den Toren von Leipzig darstellen sollte. In Erwartung dieses Spektakels war er höchst gespannt, was ihn dort erwartete.

Bei schönem, warmem Wetter ging es am Sonntagmorgen mit der ganzen Familie per Kutsche über die Weser nach Westen. Die Straße war zwar grausig, aber der Blick auf die Weser und das Wesergebirge mit dem Hohenstein entschädigte dafür, so durchgeschüttelt zu werden.

Als Hemeringen erreicht war und die Kutsche durch das Dorf fuhr, sah er, dass der Ort reich an Mühlen war und etliche schöne große Bauernhöfe und zwei Schenken das Dorfbild dominierten. Auch einige große Bürgerhäuser waren bereits vorhanden. In diesen wohnten Kaufleute und Handwerker.

Anlässlich des Festes war der Ort mit Girlanden und Tannengrün geschmückt. Die Straße war mit Mergel aus den nahen Mergelkuhlen versehen worden und alles war sauber und ordentlich. Irgendwie erinnerte das Dorf den Hutfabrikanten an die schönen Ortschaften rund um seine Berliner Heimat.

Man ließ sich einen Platz zuweisen, von dem aus man das Geschehen aus der Kutsche heraus verfolgen konnte. Das Fest begann mit einem Umzug durch das Dorf. Er wurde angeführt vom Dorfgendarm. Ihm folgten einige Männer mit schwarzen Tschakkos, Bärten und Äxten. Offensichtlich sollten diese Männer französische Sappeure sein. Hinter der folgenden Musikkapelle befanden sich hoch zu Ross der Schützenkönig und sein Stab. Dahinter marschierte ein Trupp Männer mit weißen Hosen und weißen Mützen. Sie sollten wohl eine Bürgerwehr darstellen. Den Abschluss bildete ein großer Trupp grässlich anzusehender Männer mit schwarz-grünen Federhüten und langen Bärten. Ihre Kleidung unterschied sich kaum von Lumpen. Preußische oder königliche Truppen stellten sie gewiss nicht dar. Alle mit Ausnahme der Sappeure waren mit Musketen und Säbeln bewaffnet.

Es wurde Richtung Waldrand marschiert. Am Fuß des Hemeringer Berges entwickelte sich ein regelrechter Kampf zwischen den Parteien, der damit endete, dass die Bürgerwehr die Oberhand behielt. Ein Haufen Reisig wurde entzündet, der die Feste Königstein verkörpern sollte. Anschließend marschierte dann der ganze Trupp versöhnt in die Gasthäuser.

Hungrig und durstig folgten der Hutfabrikant Bangemann und seine Familie der Truppe. Man beschloss, an einem der Gasthäuser auszuspannen um zu essen und zu trinken und mit den Einheimischen ein wenig zu plaudern. Es dauerte nicht lange bis die Hemeringer bemerkten, dass sie einen preußischen Gast in ihren Reihen hatten. Sie ließen es sich nicht nehmen, ihn und seine Familie zum Mitfeiern einzuladen. Die feinen Leute wollten ablehnen, doch der Hutfabrikant, glücklich den familiären Unannehmlichkeiten, wenn auch nur kurzfristig, entrinnen zu können, willigte sofort ein, und man setzte sich zu dem Schützenkönig und seinem Gefolge.

Bei Vesper, Bier und Schnaps kam man sich schnell näher. Das Kampfgeschehen vom Nachmittag wurde lebhaft diskutiert und auch die Diskussion über die politischen Verhältnisse kam nicht zu kurz.

Bei Einbruch der Dämmerung versuchte seine Frau vergeblich, den bierseligen Hutfabrikanten zum Aufbruch zu bewegen. Ärgerlich ließ man anspannen und fuhr ohne ihn nach Hameln zurück. Immerhin sollte der Kutscher später zurückgeschickt werden, um ihn dann abzuholen.

Als am Abend die Kapelle zum Tanz aufspielte war der Gast aus Berlin immer noch in Hemeringen. Jetzt zeigte sich, dass er lebenslustig war und sich zu der Musik der Tanzkapelle zu bewegen wusste.

Als die Musiker am frühen am Morgen zu spielen aufhörten, wurde er von seinen Mitstreitern in die wartende Kutsche gesetzt. Dankbar für die wunderbare Feier verabschiedete er sich beim Schützenkönig Ludewig Stahlhut und den Hemeringern mit den Worten „Zum nächsten Schützenfest komme ich wieder. Es hat mir in Hemeringen so gut gefallen, dass ich fast meine, ich bin zu Hause. Dieses Dorf ist „Klein Berlin".

Ob er Wort gehalten hat? Das nächste Schützenfest war erst 13 Jahre später, Anno 1867.

Wie es ihm nach seiner Rückkehr in Hameln erging, ist leider nicht überliefert.

Klein Berlin
Version 2

„Klein Berliner Rotten, twüschen twee Hecken, twüschen twee Muern, deit de Preuße up dek luern" riefen die Kinder aus den Bergdörfern rund um Hemeringen, wenn ein Hemeringer in ihr Dorf kam.

Obwohl seit der Annexion des Königreiches Hannover durch die Preußen in Folge des Deutschen Krieges von Anno 1866 etliche Jahre vergangen waren, trauerten die Einwohner der Bergdörfer immer noch den Welfen nach. Hier oben, abseits der großen Politik, war die absolutistische Herrschaft von Georg V. kaum zu spüren gewesen. Fast alle Einwohner der Bergdörfer waren Bauern und hatten ein gutes Auskommen unter der Herrschaft der Welfen, was nicht zuletzt daran lag, dass ihr Tun kaum zu kontrollieren war. Gelegentliches Wildern, das Stehlen von Holz und der illegale Vieheintrieb in die Wälder der Forstgenossenschaft Lachem waren an der Tagesordnung und man verlor darüber keine Worte. So hatte man sich arrangiert und es ging allen leidlich gut, auch in schlechten Zeiten.

Jetzt aber, unter der preußischen Oberhoheit, war es anders. Kontrolleure erfassten nahezu jedes Stück Vieh und die Abgaben und Steuern mussten pünktlich entrichtet werden. In den Wäldern patrouillierten Förster, und auch Staatsbeamte kamen regelmäßig, um die Bewirtschaftung der Forsten zu regeln. Mit dem ganz und gar ungezwungenen Leben war es vorbei, seit man nur noch die Provinz Hannover war. Man war nicht mehr unter sich.

Ganz anders war das in Hemeringen. Bereits vor 1866 waren sie dort pro preußisch eingestellt. Das lag vor allem an einem Einwohner:

„Ich sage euch, preußisch müssen wir werden" sagte Heinrich Bunge zu den drei Bauern, mit denen er Anno 1865 in Hemeringen im Dorfkrug zusammen saß.

Bunge hatte einige Jahre im Königreich Preußen gelebt und dort als angesehener Lehrer bereits 40 Taler im Jahr verdient. Ganz anders war es im Königreich Hannover. Lehrer galten nicht viel. Ausgedienten, im Krieg verwundeten Soldaten im Unteroffiziersrang, wurden oftmals Lehrerposten angeboten. Sie bekamen ein Haus, in dem sich auch die Schule befand, etwas Land, um Gemüse anzubauen und einiges Vieh zu halten. Die Vergütung war sehr gering.

Bunge lebte als Lehrer nicht schlecht in Hemeringen. Die Schule befand sich auf der Kirchbreite, nahe der altehrwürdigen St.Petri Kirche. Zusätzlich zum Lehrereinkommen verdiente er sich etwas Geld mit der Hausschlachterei. Alles in Allem war er ein geachtetes Gemeindemitglied. Aber seine politische Gesinnung gefiel nicht jedem in Hemeringen. Trotzdem fanden seine Thesen auch bei den alteingesessenen und angesehenen Bürgern viel Gehör. Man spottete zwar gelegentlich über ihn, konnte sich aber angesichts der sich ändernden politischen Verhältnisse und der unbestreitbaren Erfolge der Preußen, seinen Argumenten nicht gänzlich verschließen.

So dauerte es nicht lange, bis eine nicht geringe Anzahl der Einwohner Hemeringens mit den Preußen sympathisierten.

Das kam natürlich auch den Einwohnern der Bergdörfer zu Ohren. Sie hatten Kontakte zu den Hemeringern durch Verwandtschaften, aber auch weil sie dort die Kirche besuchen mussten. Auch ihre Toten wurden in Hemeringen beerdigt, weil sich dort der einzige Friedhof des Kirchspiels befand. Oft musste dann in Hemeringen übernachtet werden, weil es wegen der schlechten Wege oder der Witterung nicht möglich war, an einem Tag den Hin- und Rückweg zu schaffen.

Es durfte also niemanden wundern, dass der Herkendorfer Heinrich Piepenbusch eines Tages von der politischen Einstellung der Hemeringer erfuhr. Er war bekannt als Schlitzohr, der jeden Spaß mitmachte und gerne einmal andere ins Boxhorn jagte, aber auch als eingefleischter Welfenfreund.

Zum Erntedankfest am Michaelistag besuchte er nach dem Kirchgang seine in Hemeringen verheiratete Schwester. Diese hatte am Erntedanktag Geburtstag und dieser wurde mit einer stattlichen Anzahl von Gästen gefeiert. Man ließ sich nicht lumpen; es gab reichlich zu essen und zu trinken und Piepenbusch langte bei allem kräftig zu.

Als die Feier sich dem Ende zuneigte, kam es dann wie es kommen musste – die Politik rückte bei den angetrunkenen Männern in den Mittelpunkt der Diskussionen. Jetzt prallten die Standpunkte der beiden Heinrichs, nämlich die des ebenfalls anwesenden Bunge und die Piepenbuschs mit voller Wucht aufeinander. Man warf sich die Argumente und Beleidigungen nur so um die Ohren. Welfenfreund, Vaterlandsverräter und dummer Preuße waren noch das Geringsten was man sich zu sagen hatte. Zu einer Einigung kam man jedenfalls nicht.

Irgendwann wurden die beiden Streithähne durch Piepenbuschs Schwester voneinander getrennt. „Schämt euch und vertragt euch!" sagte diese.

Daraufhin stand Heinrich Piepenbusch auf und rief laut zu den anderen Gästen hinüber „wenn ihr denn die Preußen so liebt in Hemeringen, dann nennt euer Dorf doch Klein Berlin".
Lauthals lachend und singend verabschiedete er sich dann aus Hemeringen mit dem folgenden kleinem Lied:

Hemeringer Platt:	Übersetzung:
„Klein Berliner Rotten twüschen twee Hecken, twüschen twee Muern, deit de Preuße up dek luern"	„Klein Berliner Ratten zwischen zwei Latten, zwischen zwei Mauern, wartet der Preuße auf dich"

Jörg Künne

Eins zu null für uns

Tobias, mein Mann, von mir liebevoll Paps genannt, hatte neuerdings eine Schwäche für den Fußball. Er würde beileibe nicht selbst hinter dem Leder her rennen. Es ist nur, weil er doch tippt, aber mit unfehlbarer Sicherheit immer auf den falschen Verein setzt.

Da es nun immer noch nicht besser geworden ist, und ich schon der Öfteren etwas von Geldverschwendung und armer Ehefrau, die sonntags allein zu Hause sitzen muss, gesagt habe, bestimmt Paps: „Nächsten Sonntag gehst du mit auf den Fußballplatz!" Er hat mir auch gesagt, wer da gegen wen … aber das habe ich vergessen.

Den Platz können wir nicht verfehlen. Es ist erstaunlich, wie viele Männer doch an solch einem Spiel interessiert sind. Und wie die alle rennen! Komisch, wenn die mal am Sonntag die Kohlen aus dem Keller oder die Nachmittagssahne vom Milchmann holen sollen, dann sind sie ja sooo müde und abgespannt vom schweren Dienst der Woche. Oder mal eben vor dem kleinen Hutladen an der Ecke stehen bleiben? Ach, bewahre! Da tun ihnen vom Stehen die Füße weh. Aber hier? So zwei Stunden? Als ich Tobias meine Meinung in dieser Richtung bekannt gebe, sieht er mich nur verständnislos an: „Du hast ja keine Ahnung vom Sport! Das verstehst du nicht!"

Verstehe ich auch nicht. Dafür ist der Krach vom Sportplatz umso besser zu verstehen. – Es hatte schon ohne uns angefangen. „Natürlich, nur weil du wieder nicht wusstest, was du anziehen wolltest!" Nun ist Paps auch noch böse. „Teurer Tobias, das Ergebnis kommt doch sowieso erst am Schluss der Vorstellung heraus!" will ich ihn beruhigen, doch dafür hat er nun wiederum kein Verständnis. Jedenfalls, wir sind da und werden mit Gebrüll empfangen, als einer gerade mit dem Ball und einer nicht mehr ganz sauberen Hose über das Spielfeld rast.

Warum die Leute alle „Pfui! Pfui" rufen, ist mir nicht ganz klar. Der ist doch so schön gelaufen! Warum auch geht der andere nicht weg und stellt sich ihm vor die Füße? Hat er selbst schuld, wenn er umgerannt wird! Ich will aber meinen Mann vorsichtshalber fragen, was das zu bedeuten hat; doch ich bin jetzt Luft für ihn. Er brüllt wie ein Berserker und tritt mir dabei ganz ungerührt auf meine neuen, grauen Wildlederschuhe, die sowieso zu eng sind. Mein anderer Nachbar fuchtelt mir dauernd mit den Händen vor dem Gesicht herum. „Abgeben, abgeben, lauf doch, jetzt hinein!" Es wird mir ein wenig ungemütlich dabei. Denn die laufen da unten doch sowieso, ob der nun schreit oder nicht.

Ach, jetzt hat wohl einer ein Tor geschossen! Jedenfalls kann man es in ziemlicher Lautstärke von allen Seiten hören. Ich habe es leider nicht gesehen; denn gerade in dem Augenblick wurde einem kleinen, süßen Fox, der zwischen Herrchens Beinen eingeklemmt gesessen hatte, auf den Fuß getreten. Er jault jämmerlich. Und das tut mir natürlich furchtbar leid. Das Spiel geht während dessen munter weiter.

Ich möchte nur wissen, warum der Dicke da unten immer den Spielern vor die Füße läuft. Der hält doch das ganze Spiel auf mit seiner Pfeiferei.

Paps steckt sich gerade eine Zigarette an, da kann ich ihn ja mal fragen, wie das mit dem Dicken ist.

Doch schon wird es unten wieder lebhaft. Da sagt Paps nur reichlich grimmig zu mir: „Tu mir den Gefallen und blamier mich nicht noch mehr. Wenn du schon nichts davon verstehst, dann tu wenigstens so!" Also gut, ich tue.

Da! Wieder ein Tor! Ich brülle jetzt: „Tor! Tor!" Doch das war wohl auch wieder nicht richtig, dem Rippenstoß nach zu urteilen, der meine Ovation jäh abbricht und durch den mir meine bessere Hälfte sein Missfallen ausdrückt. Auch die Fußballenthusiasten in meiner Nähe sehen mich merkwürdig drohend an.

„Aber da hat doch eben wirklich einer ein Tor geschossen!" „Ja, aber ins Tor von unserer Elf!" „Ach, so!"

Nun sage ich lieber gar nichts mehr. Das ist doch am ungefährlichsten. Wenn ich nur wüsste, wer eigentlich zu welchem Tor gehört.

Als ich es so ungefähr herausbekommen habe, machen die unten eine Pause. Und als sie wieder angefangen haben, muss ich feststellen, dass nun jeder Spieler einen anderen Platz hat. Da finde ich nicht mehr durch; ich gebe es auf. Aber dafür habe ich etwas anderes heraus bekommen: der Dicke mit der ewigen Pfeiferei ist der Schiedsrichter!

Nach der Pause tut sich nicht mehr so viel. Scheinbar sind die Spieler müde. Ich bin es jedenfalls.

So klatsche ich am Schluss begeistert Beifall. Paps wundert sich darüber; er weiß ja auch nicht, dass ich es nur tue, weil die elende Steherei nun ein Ende hat.

Trotzdem erklärt er mir, als wir dem Ausgang entgegen geschoben werden: „Das war das erste und das letzte Mal, dass ich mit dir auf den Fußballplatz gegangen bin. Du besitzt ja noch nicht einmal den Schimmer vom Schatten einer Ahnung, was Fußball bedeutet!“

Doch ich wäre sowieso nicht wieder mitgegangen; denn wenn man es doch bequemer haben kann, ...

So nehme ich meinen Fußballkenner an den Arm. „Komm, lass uns noch einen Schaufensterbummel machen. Wir wollen uns ein Fernsehgerät aussuchen, damit wir unser Fußballspiel auch zu Hause ansehen können. Das gibt dann weniger Ärger, wenn ich mal wieder was Falsches beim Spiel sage. Und gemütlicher ist es auch!“ „Und womit, geliebte Gattin, wollen wir das bezahlen?“ „Mit dem Geld, geliebter Schatz, das ich am letzten Sonntag im Fußballtoto gewonnen habe!“

Edith Mohr

Der Teddybär

Eigentlich wollten wir, mein Mann Tobias und ich, mit unserer Tochter Barbara ins Kino gehen, aber Paps meinte, Kino mache Barbara selbst genug zu Hause. Und von wegen Märchenfilm – die Märchen, die er immer von mir zu hören bekäme – …
Aber das gehört ja nicht hierher.

So beschlossen wir dann, auf den Weihnachtsmarkt zu gehen. Barbara fährt schrecklich gern Karussell. Papa interessiert sich auch hierfür, am liebsten beim Kettenkarussell. Er sagt dann, er bewundert den Schwung. Ich glaube aber eher, den der leicht geschürzten Beine junger Damen als den der blitzenden Ketten. Meine Wünsche hingegen gehen in eine recht profane Richtung. Ich schwärme für Würstchen, gleich, ob gebraten oder gebrüht; eine Wurst ist meine Seligkeit.

So wurde es eigentlich ein sehr netter Nachmittag, zumal der 15. in seiner begehrten Eigenschaft als Zahltag noch nicht lange zurück lag. Wir schaukelten, schauten und schmausten, ließen uns von Damen ohne Unterleib überraschen, die draußen vor den Wohnwagen ihre Strümpfe und dergleichen zum Trocknen aufgehängt hatten. Paps haute den Lukas; wir besuchten die Kleinwüchsigen, damals Liliputaner genannt. Scheinbar konnte mein Tobias in Anbetracht der kleinen, zierlichen Damen es sich nicht verkneifen, etwas über beneidenswerte Ehemänner und Schneiderrechnungen zu brummeln. Und dabei musterte er reichlich anzüglich meine Formen. Doch da stand Barbara mir unerwartet bei: „Du sollst Mami nicht immer ärgern, wo sie so schön wohlhabend aussieht!" Und mein ramponiertes Selbstwertgefühl war einigermaßen wieder hergestellt.

So sind wir dann über Losverkäufer, Eisbuden, Achterbahn und Löwenmensch bei einer Schießbude gelandet. Tobias schießt leidenschaftlich gern. Und weil ich mich nun für Barbaras Beistand revanchieren wollte, sagte ich zu ihr: „So, mein Schatz, nun such` dir mal etwas Schönes aus; Paps wird es dir schießen." Wie ich schadenfroh erwartet hatte, suchte sie sich natürlich einen süßen Teddybären aus. Wir hatten allerdings nicht einkalkuliert, dass mein Mann jedes seiner Würstchen mit einem Bierchen gefeiert hatte. Jedenfalls, Zielwasser war nicht im Gerstensaft gewesen. Wir hatten schließlich eine hübsche Sammlung von Papierrosen, Bikinidamen zum Anstecken, kleinen Klapperstörchen bis zu einem süßen Hütchen, das man ebenfalls dem Teddy hätte aufsetzen können, wenn wir ihn gehabt hätten.

Ich konnte es natürlich nicht lassen, Paps mit mehr oder weniger anzüglichen Reden bei seinen erfolglosen Versuchen zu begleiten. Bis er schließlich – in seiner Waidmannsehre gekränkt – mir das Mordinstrument in die Hand drückte und schnaufte: „Wenn du das so gut kannst, dann schieß du doch das Viech!" Was blieb mir anderes übrig, wenn ich mich nicht blamieren wollte; ich musste jedenfalls so tun, als ob ich wollte. Vorsichtshalber ließ ich mir nun aber doch erst den Mechanismus der Büchse erklären. Die Kimme hatte ich ja nun mittlerweile gefunden, aber wo da bei der Kimme das Korn sein soll, weiß ich bis heute noch nicht.

Nachdem ich die falsche Wange zum Anlegen, den falschen Ellenbogen zum Aufstützen und die falsche Richtung zum Zielen ausgesucht hatte und mit vielen guten Ratschlägen und spöttischen Bemerkungen (sie kamen nicht nur von meinem Mann, auch das übrige Publikum verfolgte gespannt meine Versuche) in die richtige Schusslinie dirigiert worden war, schaltete sich noch der Budenbesitzer in das Palaver ein, um mir das richtige Abdrücken zu erklären. Er war sich zweifellos sehr sicher, keinem seiner Preise von mir einen Draht gekrümmt zu sehen.

Und dann geschah es: eigentlich wollte ich nur mal sehen, wie das so geht mit dem Hahn. Doch plötzlich ging das vertrackte Ding los. Nachdem ich mich überzeugt hatte, dass alle Anwesenden noch am Leben waren, wollte ich mich schleunigst aus dem Staube machen. Wer konnte wissen, was ich dem guten Mann alles in seiner Bude zerschossen hatte? Doch ehe ich im Gedränge untertauchen konnte, rief er schon hinter mir her: „Eh, Sie! Wollen Sie nicht ihren Gewinn mitnehmen?" Und was drückte er mir in die Hand? Den Teddy.

Dass dieser vor Schreck von seinem Draht herunter gefallen war, konnte ich mir schlecht denken. Also musste ausgerechnet ich ihn … Vielleicht hatte Paps ihn doch schon ein wenig angeschossen; oder war es doch vor Schreck …?

Als ich mich dann einigermaßen von meiner Verblüffung erholt hatte, sagte ich keck zu meinem nicht gerade intelligent drein schauenden Tobias: „Siehst du, mein Schatz, so wird das gemacht!" Barbara fasste sich bedeutend schneller: „Tolle Mami!"

Nur gut, dass beide nicht wissen, wie es wirklich war. Und ich werde mich hüten, es ihnen je zu sagen.

Edith Mohr

Stromsperrstunde

Noch Ende des letzten Krieges wurde das Kraftwerk Wesertal in Hameln-Afferde von alliierten Bombern zerstört und jede Ortschaft musste irgendwie selbst die Stromversorgung improvisieren. In Hessisch Oldendorf lieferten die Generatoren der Zuckerfabrik und der Stuhlfabrik stundenweise Strom – nur wann, das war immer die große Frage.

Trotzdem – wintertag abends ohne Strom in unserer Küche beim schummrigen Licht der Petroleumlampe und dem Singen des Wasserkessels auf dem Küchenherd … friedlicher und heimeliger geht es nicht.

Friedlich sah ich es als Kind allerdings wohl nur allein, meine Mutter wartete dagegen jeden Tag voll Sorge auf Post von meinem Vater, der sich als Kriegsgefangener in einem russischen Bergwerk seit einem Jahr nicht mehr gemeldet hatte.

So saßen wir dann am Küchentisch – meine Mutter mit dem Strickzeug und ich mit einer Kompanie Zinnsoldaten, die ich aufmarschieren ließ, als plötzlich ein baumlanger farbiger US-Soldat in der Tür stand. Meine Mutter war zu Tode erschrocken, denn es war der Besitz von Kriegsspielzeug – und dazu gehörten auch Zinnsoldaten – verboten.

Aber das erwartete Strafgericht trat nicht ein – im Gegenteil, der Besatzungssoldat lächelte, schob ohne ein Wort zu sagen eine Tafel Schokolade über den Küchentisch und verschwand so still wie er gekommen war durch die Haustür.

Ein Lächeln und eine Tafel Schokolade – der Mann wusste, wie man Vertrauen und Zuversicht für eine neue Zeit schafft.

Bernd Stegemann

Ein Dorf im Wandel der Zeit

Von der Schiefertafel zum Computer – eine Auflistung am Beispiel des gut aufgestellten Dorfes **Bensen** mit 73 Hausnummern und 300 Einwohnern.

Vor dem letzten Krieg, vor 80 Jahren

Welchen Berufen man im Ort nachging:

3 Kolonialwarenläden
2 Gaststätten
2 Tischlereien
3 Stellmacher
1 Schmiede
1 Maurermeister
1 Schlachterei
1 Mühle
1 Poststelle
1 Bäcker im Nachbarort
1 Leineweber
1 Sattler
2 Maler
1 Schneider
1 Förster
1 Trichinenbeschauer
1 Halter einer Dreschmaschine
1 Lehrer für 30 Schüler, 8 Klassen in einem Raum

1 Bürgermeister
1 Gemeindediener
mehrere Zimmerleute
1 Weißnäherin
1 Jäger
1 Ziegenbockhalter
mehrere Hausschlachter
Landarbeiter, Tagelöhner
1 Bullenhalter
Steinbrucharbeiter
1 Milchwagenfahrer
Korbmacher
Holzschlepper
2 Konservenzudreher
mehrere Maurer
1 Totengräber
1 Zichorienbrenner

Man arbeitete in Betrieben und Fabriken in Hess. Oldendorf, Hameln, auf dem Süntel, im Wald, in Kessiehausen, Höfingen und Fischbeck. Alle Wege wurden zu Fuß oder eventuell mit dem Fahrrad zurückgelegt.

Vor und nach der Arbeit versorgte man das Vieh im Stall, denn alle Einwohner waren Selbstversorger. Alle hatten Gärten und kleine Ackerflächen, alle halfen einander, die Handarbeit, zu bewältigen

Gekauft wurden nur Salz, Zucker, Öl, Essig, Senf, Backpulver, Gelatine, Vanillezucker, Zimt, Hefe, gesalzene Heringe oder neue Gummiringe für Einkochgläser.

Bis zu vier Generationen (Kinder, Eltern, Großeltern, Urgroßeltern) lebten und schliefen in einem Haushalt, in einer Stube und in wenigen, unbeheizten Schlafkammern.

Im Krieg

Männer wurden zur Wehrmacht eingezogen, Pferde beschlagnahmt, Lebensmittel rationiert. Zur Bewältigung der Arbeit auf den Feldern kamen französische Kriegsgefangene, Zwangsarbeiter und Arbeiterinnen aus Polen und der Ukraine. Junge Mädchen aus dem Ruhrgebiet leisteten ihr Landjahr ab.

Kinder mussten oft, ob Sommer oder Winter, zu Fuß zu den Schulen in den Nachbarorten Haddessen, Höfingen, Zersen laufen. Man schrieb und rechnete auf einer Schiefertafel, die im Tornister immer dabei war, einschließlich Schwamm zum Löschen. Lehrer wurden ‚Mangelware‘ und wechselten ständig.

Und die Kinder wurden zur Arbeit eingesetzt: Ähren sammeln, Kartoffelkäfer absuchen, Heilkräuter sammeln und trocknen, im Wald Bucheckern auflesen für die Ölherstellung, Seidenraupen züchten, Flachs jäten, und bei der Ernte helfen.

Kinder-Verpflichtungen
- 2 mal wöchentlich Jungvolkdienst, Konfirmandenunterricht;
- Kirchenbesuch und für alles Mögliche sammeln
- dem Ortsgruppenleiter als Melder zur Verfügung stehen, wenn Fliegeralarm war.

Gegen Ende des Krieges wurde die Not immer größer; es wurde rationiert: Lebensmittelmarken und Bezugsscheine bestimmten das Leben; Getreide, Vieh, Kartoffeln wurden beschlagnahmt.

Es fielen Bomben und es gab immer wieder Fliegeralarm. Im Laufe des Krieges kamen Evakuierte aus Hannover, Hildesheim und dem Raum Aachen in den Ort.

Ausgebombten und ca. 300 Heimatvertriebenen wurden Wohnräume in den Häusern zugewiesen, man lebte nun auf engstem Raum. Die Einwohnerzahl hatte sich verdoppelt und in der einklassigen Volksschule unterrichtete 1 Lehrer statt 35 jetzt bis zu 135 Kinder. Lernen und Lehren? – Das ging nur mit Disziplin und Strenge!

Nach dem Krieg

Das Leben normalisierte sich nur langsam. Viele Männer waren auf den Schlachtfeldern gestorben oder kamen als Krüppel zurück. Die letzten Gefangenen holte Bundeskanzler Adenauer 1955 aus Russland wieder heim.

Die Rationierung war beendet, aber die Währungsreform hatte nicht alle gleich gemacht. Für Geld konnte man alles wieder kaufen, die Läden waren auf einmal voll. Jetzt gingen auch Frauen zur Arbeit in die Fabriken, weil die Not zu groß oder Ernährer (noch) nicht aus dem Krieg zurückgekommen waren.

Es begann der Wiederaufbau der zerstörten Brücken und Gebäude, Straßen und Bahnen. Handwerker wurden zwangsverpflichtet, mit einfachsten Werkzeugen musste gearbeitet werden.

Dann begannen die „Goldenen Fünfziger-Jahre":

Die Entwicklung ist heute kaum noch vorstellbar: In den Schulen wurde die Schiefertafel ersetzt durch Schreibheft und Radiergummi; Maschinen übernahmen die Handarbeit, die Sense wurde Ausstellungsstück; Traktoren ersetzten Pferde, der Mähdrescher ersetzte Dreschmaschine und den Flügelmäher mit Selbstbinder. Kleine Ackerflächen zu bewirtschaften wurde nun unrationell und verschwanden.

Viele Betriebe schlossen wegen fehlender Nachfolge, oder weil die Menschen vermehrt in der Stadt einkauften. In der Folge gingen Arbeitsplätze verloren. Die Jugend suchte sich Arbeit in der Ferne. Und die Gemeinschaft? Auch sie hat sich gewandelt.

Die am Anfang genannten Betriebe oder handwerklichen Angebote gibt es heute nicht mehr. Vier Vollerwerbsbetriebe (Bauernhöfe), wenige Nebenerwerbsbetriebe bestimmen heute den Alltag. Häuser sind unbewohnt und stehen zum Verkauf.

Wenigsten die IT-Technik – so nennt man heute alles, was z.B. Computer, Telefon, WLAN oder Smartphone als Inhalt hat – ist neu in Bensen. Wohin die Entwicklung aber führen wird, ist unabsehbar.

Wilhelm Diekmann

Vom Broyhan und Bierbrauen in Oldendorf

Brauen nur mit „Braugerechtigkeit erlaubt"

Im Weserlande hatte man seit Jahrhunderten eine Vorliebe für ein obergäriges Weißbier von süßlich-säuerlichem Geschmack, das nach seinem ersten Brauherrn „Broyhan" genannt wurde. Allerdings unterschieden sich die vielen Broyhan-Biere ganz erheblich in ihrer Qualität: Das Bier aus dem Oldendorfer Brauhaus zählte zu den Spitzensorten und so verwundert es nicht, dass bereits 1414 die ersten Bierexporte in den Urkunden vermerkt wurden.

Voraussetzung für den guten Geschmack eines Bieres sind die Qualität des Braugetreides und des Hopfens, der Mineralgehalt des Wassers und eine sorgfältige Verarbeitung. Alle diese Bedingungen waren durch Anbauverhältnisse, durch Klima, Boden, Kultur- und Ernteweise im Oldendorfer Wesertal gegeben, so dass sich in Oldendorf schon früh ein blühendes Brauwesen entwickeln konnte. Man braute mehr Bier, als für den eigenen Bedarf benötigt wurde und exportierte dann den Überschuss in die umliegenden Städte.

Das beliebte Bier wurde von den Oldendorfer Bürgern „reihum" im Städtischen Brauhaus hergestellt. Dieses sogenannte „Reihebrauen" war ein nur bestimmten Hausbesitzern zustehendes Recht, in Reihenfolge Bier zu brauen und auch ausschenken zu dürfen. Diese Braugerechtigkeiten, von denen man 1770 immerhin 146 zählen konnte, waren für viele Bürger ein willkommener Nebenverdienst und oft auch der wertvollste Bestandteil eines Grundstücks und daher sehr begehrt, da außer dem Brau- und Schankrecht auch noch die Lieferung von Brennholz aus dem Stadtwald beansprucht werden konnte. 1621 stand den brauberechtigten Bürgern bereits die beachtliche Menge von 500 Broyhan-Fässern zu Verfügung. Jedes Fass war auf 82 Maß = 102,5 Liter geeicht.

Scharfe Kontrollen

Um eine gleichbleibende Export-Qualität zu sichern, war der Oldendorfer Broyhan strengen Qualitätsnormen unterworfen, die von einem „Prüfeherren", einem Mitglied des Stadtrates, scharf kontrolliert wurde. Festgelegt waren die Prüfkriterien in der Stadt-Brauordnung. Chemisch untersucht wurden die Biere vom Stadtapotheker. So beugte man auch einer möglichen Überproduktion vor und konnte den Ruf den Oldendorfer Bieres als bestes Schaumburger Bier im 17. Jahrhundert erhalten. Nach der Brauordnung von 1767 wurden regelmäßig drei Sorten Bier gebraut, und zwar Weißbier (Broyhan), Braunbier und Stark-Braunbier. Für die verschiedenen Biersorten wurde die Menge der Zutaten genau vorgeschrieben, die dann in der 6951 Maß Wasser fassenden kupfernen Braupfanne auf exakt 5472 Maß eingekocht wurden. (1 Maß = 1 ½ Liter). Auf die größte Reinlichkeit der Braugefäße und der Zutaten musste peinlichst geachtet werden.

Alle mit dem Brauen beauftragten Braumeister und Brauknechte wurden „expresse darauf vereidet", dass kein Wasser oder Dünnbier unter das Starkbier vermischt wurde. Neben dem Bierausschank in den Häusern mit Braugerechtigkeiten gestattete die Polizeiordnung des Grafen Ernst von 1615 nur „drei fürnehme Wirtshäuser und Herbergen". Strenge Verordnungen warnten nicht nur die Bürger, sondern auch die Braumeister und Krüger (Gastwirte), dass sie über dem Biertrinken nicht ihr Handwerk vergessen sollten.

Oldendorfer Brauhäuser

Sowohl die wirtschaftlichen Folgen des Dreißigjährigen Krieges als auch die Vorrechte brauberechtigter Bürger führten schon bald zur Einrichtung von städtischen Brauhäusern, die eine wirtschaftlichere Bierproduktion ermöglichten. Das erste Oldendorfer Brauhaus ist urkundlich seit 1654 in der Langen Straße 31/ Bäckerstraße 1 nachweisbar. Ein zweites Brauhaus bestand seit 1699 in der Langen Straße 49.

Bis Anfang des 19. Jahrhunderts betrieb man das Bierbrauen immer noch überwiegend als ländlichen Nebenerwerb. Die einsetzende allgemeine technische Entwicklung machte aber bald eine rationelle Produktion unerlässlich, um weiterhin konkurrenzfähig bleiben zu können. So bündelte man jetzt die einzelnen Braugerechtigkeiten und schloss sich zu einer Städtischen Brauerei zusammen.

Das Hauptproblem der damaligen Bierproduktion lag in der geringen Haltbarkeit des Gerstensafts. Deswegen setzte man große Hoffnung auf den Bau eines Bier- und Eiskellers, der in den Jahren 1861/62 als Stollen in den Steilhang der Weserterrasse zwischen Hessisch Oldendorf und Krückeberg getrieben wurde. Die Naturkühle des Stollens sollte eventuelle Überproduktionen aufnehmen und so für eine gleichmäßige Auslastung des Brauhauses sorgen.

Doch auch diese letzte Anstrengung der Oldendorfer Brauergilde verhinderte nicht das nahende Ende – bereits 1880 musste die so hoffnungsvoll gestartete Städtische Brauerei aufgeben. Durch die Aufhebung der landesherrlichen Bann- und Zwangsrechte konnten sich nun moderne Großbrauereien entwickeln, die mit ihrer Finanzkraft die technische Entwicklung des Bierbrauens zur heutigen weltberühmten Qualität erst ermöglichten.

Bernd Stegemann

Bahn frei!

Was eine **Bahn wie** transportiert,
steht in Transportvorschriften
und über das, was sonst passiert,
lohnt es, zu berichten.

Die **Rodelbahn**, meist schneebedeckt,
wünscht man sich möglichst lang.
Der Schlittenfahrer sie entdeckt
zumeist an Berg und Hang.

Die **Laufbahn** lädt Beamte ein,
natürlich auch Soldaten.
Sie möchten gerne Erste sein
und nicht so lange warten.

Die **Autobahn**, unendlich lang,
und wie ein Netz gewebt,
befährt man nur im höchsten Gang,
und hofft, man überlebt.

Die **Bobbahn,** ist aus Eis gebaut,
das bringt Geschwindigkeit.
Man fährt auf ihr, wenn man sich traut,
zu Viert und auch zu Zweit.

Die **Eisenbahn** befördert prompt
die Güter und Personen.
Und dass sie manchmal pünktlich kommt,
darf man mit Recht betonen.

Im **Untergrund** fährt eine Bahn
mit der die Menschen reisen,
tief in der Erde und nach Plan
auf gut verlegten Gleisen.

Die **Startbahn** ist sehr lang und groß,
auf ihr beginnt der Flug.
Doch auch beim Landen, ganz famos,
bietet sie den Platz genug.

Die **Pferderennbahn** nennt man Turf,
die findet man in Städten.
Da schafft man schnell den großen Wurf,
man muss nur richtig wetten.

Die **Blutbahn**, lang und unsichtbar,
ist wichtig und vonnöten.
Ihr Fehlen würde, das ist klar,
uns alle sehr schnell töten.

Die **Seilbahn** schwebt und überbrückt,
ist frei von allen Zwängen.
Und jeder Fahrgast, der entzückt,
kann mit – und an ihr hängen.

Die **Bahn** ist hier und da und dort
von großer Wichtigkeit,
in vielen Fällen immerfort
und manchmal nur auf Zeit.

Rudi Küssner

Wie auf dem Amelungsberg das Automobil erfunden wurde

Sintemalen ich in meinem Inwendigen gar wohl fühle, daß die Zeit nicht mehr ferne, da ich dieses irdische Jammertal und meine stille Klause verlassen und mit dem Tode und mit dem Tode abscheiden muß, dieweil mir ein Geheimnis gar schwer auf der Seele ruhet, das, so ich's verschweige, mich am Ende wohl um die ewige Seligkeit bringen möchte, ich aber hinwiederum hoch und heilig versprochen, zu keiner Menschenseele ein Wörtlein davon verlauten zu lassen, so will ich's diesem Pergamente anvertrauen und damit mein Gewissen befreien, ohne doch meinem Gelöbnis untreu zu werden.

Ist nämlich vor etlichen Jahren, als die große Heimsuchung dieses ewigen Krieges kaum erst über uns gekommen, ein Meister der Klein-schmiede-Zunft aus Oldendorf mit Namen Amelung nebst seinem Soh-ne Hans vor meiner stillen Klause an diesem Berge erschienen und hat mich um Obdach, Schutz und Hilfe gebeten. Da ich's ihm in brüderli-cher und christlicher Nächstenliebe gewährte, so hat er mir sonder Arg' und Fehl seine Geschichte erzählet.

Da er schon etliche Jahre in Oldendorf sein ehrbares Handwerk zu Nutz und Frommen seiner Mitbürger mit Fleiß und Kunst betrieben, wußte er mit Hammer und Niet, Schrauben und Federn, Kolben und Rädern gar geschickt umzugehen, war auch ein heller Kopf mit küh-nem Fluge der Gedanken. Item ist er auf den absonderlichen Plan ver-fallen, ein Gefährt oder Wagen zu erbauen, das von geheimer Kraft getrieben mit Windeseile über Wege und Straßen dahinbrausen solle, ohne doch von Mensch, Pferd oder anderem Getier gezogen oder ge-schoben zu sein, Indem er solches fein tüchtig ersann und erprobte, erhob sich in seiner Werkstatt gar lautes Getöse, Knattern, Puffen und Rasseln nebst üblem Gestank, Feuer und Rauch, wodurch seine dum-men und einfältigen Mitbürger zu dem Glauben gebracht worden, er habe den leibhaftigen Gottseibeiuns als Gehilfen angestellet. Darob männiglich gar sehr erboste, ihn der Hexerei anklagte und am Ende mit Schimpf und Schande aus der Stadt seiner Väter verjagte. So ist er denn landflüchtig geworden, gar weit in der Welt umhergewandert und letzt-lich, als Kriegsgeschrei und fremde Heerscharen das Land unsicher gemacht, in seine Heimat zurückgekehrt, sich aber nicht in die Stadt hineingetrauet, sondern abseits bei mir angeklopfet, wie ich vorhin gesaget.

Allhier nun hat er in der Stille weiter an seinem Plan gesonnen und gewerket, auch seinen Sohn Hans fleißig unterwiesen und gelehret, auf daß dieser, was nicht gerate, vollenden möge. Ich aber habe ihm feierlich gelobet und versprochen, zu keinem Menschen von all' dem, was bei mir vorgehe, auch nur ein Wörtlein verlauten zu lassen. Die Leute aber, so auf dem Bierweg an der Rannenberger Straße vorbeigingen und von Ferne das Getöse vernahmen, verwunderten sich und sprachen: „Klingt's doch, als sei der Amelung zurückgekommen!" Den Berg aber, auf dem ich meine Klause errichtet, nannte man seitdem den A-melungsberg.

Ehe er noch sein Werk hat vollenden können, ist er in Frieden dahingeschieden. Sein Sohn Hans aber, der obzwar ein gelehriger Schüler von den Plänen und Versuchen seines Vaters nicht eben viel gehalten, hat mir versprochen, davon gänzlich Abstand zu nehmen und, sobald nur der mörderische Krieg sein Ende gefunden, sich wiederum in die Stadt Oldendorf zu begeben und seinen Beruf als Kleinschmied fein bescheiden zu betreiben, wie seine Altvorderen getan, die Erfindung des selbstfahrenden Wagens aber seinen Nachfahren in späteren Jahrhunderten zu überlassen.

Für diese hab' ich's nun fein säuberlich aufgeschrieben, und auf daß es nicht Wind und Wetter zum Opfer falle, will ich's einschließen in ein Stück Reifen, mit welchem mein Freund und Bruder Amelung die Räder seines Wagens hat umhüllen wollen, auf daß das Schütteln und Stoßen durch Steine und dergleichen Unebenheiten des Weges gemildert würde. So soll es denn ruhen im Schoße des Amelungsberges, bis es durch Zufall nach Jahrhunderten mag gefunden werden als ein letzter Gruß von Bruder Carolus aus dem Walde.

Im Weinmonat Anno Domini Eintausendsechshundertvierzig und Acht

(Aus einer Festrede des Oberforstmeisters Karl Lehmann, zum 300 - jährigen Jubiläum der Handwerkerfamilie Amelung in Hessisch Oldendorf 1948).

Sammlung Stegemann

Der Sport-Zweisitzer

Eines Tages stand er vor der Tür, ein schnittiger Sport-Zweisitzer! Es war ein Traumwagen, rassig – in schwarz und rot. Jedenfalls von außen.

Seine Seele war aber mehr schwarz als rot. Doch, als er da so harmlos im Wintersonnenschein glänzte, ahnten wir nichts von besagter schwarzen Seele. Papa hatte ihn, wie der Händler versicherte, spottbillig erstanden. Alt natürlich; denn wir sind nicht sehr mit irdischen Gütern gesegnet.

Wir machten eine Fahrt ums Viertel, Paps, Bärbel und ich. War ja reichlich eng. Aber mit viel Geschiebe und Schwung gingen die Türen dann zu und die Jungfernfahrt los. Ich meinte, er führe sehr laut. Paps sagte, es sei der Auspuff. Kleine Reparatur, nicht sehr teuer. Wir waren jedenfalls sehr stolz und glücklich. Hatten wir doch einen eigenen Wagen. Wir Ahnungslosen! – Am nächsten Morgen sprang er nicht an. Paps meinte, es läge an der Kälte.

Nach zwei Monaten wurde es wärmer. Da meinte Paps, es läge wohl mehr am Vergaser. Später schob er die Schuld auf die Batterie. Einstweilen schoben wir, nämlich vor jedem Start, den Wagen an. Pfützen und Schneematsch waren kein Hinderungsgrund. Nachdem wir einige Wochen vornehmlich von Kartoffeln und billigem Gemüse gelebt hatten – soll ja als Frühjahrskur ausgezeichnet sein – bekamen wir das Geld für Batterie und Vergaser zusammen. Und, unser Wagen fuhr wieder. Das heißt, manchmal auch nicht! Aber mittlerweile hatten sich unsere Mägen auf Frühjahrskost eingestellt, so dass die anfallenden Reparaturen schnell behoben werden konnten.

Als die ersten warmen Sonnenstrahlen den Frühling ins Land gebracht hatten, wurden wir mutiger. Es ging über Land. Am besten fuhr er ja bergab. Aber Paps meinte, das sei immer so im Leben. Es war bei gutem Wetter schon nicht einfach, neben dem Wagen her zu rennen und den richtigen Moment des Reinhüpfens abzupassen.

Und dann erst bei Regen!

Eines Tages hatte ich die Schieberei und Hüpferei satt. Und beschloss, Autofahren zu lernen. Aber, nachdem ich auf gerader Strecke den Motor ein dutzendmal abgewürgt, Gas und Kupplung verwechselt, und meine Familie knapp vor einem Brückengeländer auf der linken Straßenseite gerade noch vor dem Absturz bewahrt hatte, wollte niemand mehr mit mir fahren. Also hatte das auch keinen Zweck; denn wer sollte dann schieben? Einer musste ja immer Hilfestellung leisten.

Ich begann heimlich, das schwarze Ungeheuer zu verwünschen. Manchmal war er aber auch ganz nett; denn hin und wieder wollte unser Wagen fast ganz von allein fahren. Wir hatten ihn Trotzki getauft. Beileibe nicht wegen der Politik, sondern wegen seines trotzigen Charakters.

Wir sind dann doch noch, nach regelmäßig anfallenden Reparaturen, viel ins Grüne gefahren. Aber, fuhren wir eigentlich noch froh in die Natur? Wollte ich meinen Mann einen schönen Ausblick ins Tal zeigen, grollte er: „Stör mich jetzt nicht beim Schalten!" Wollte Bärbel Blumen pflücken, meinte er: „Lass man, nachher springt Trotzki wieder nicht an." Wollte ich an einem frühlingsgrünen Waldrand rasten, war Paps dagegen. Trotzki schaffte den Sandweg nicht. Trotzki schaffte dies nicht, schaffte das nicht. Ich begann, heimlich Loblieder auf Fußwanderungen zu singen – und erzählte von schönen Radfahrten durchs Weserbergland und die Heide.

Wir hatten auch ein Radio im Wagen. Leider war die Antenne etwas defekt. So musste immer einer von uns das Kabel halten. Denn bekanntlich leitet ja auch ein Mensch. Ich habe allerdings festgestellt, dass er nicht nur leitet – sondern dabei auch leidet. Hören Sie einmal Mozart, untermalt von Kratzen, Prasseln, Rauschen, und sonst noch was alles erklang! Es war keine reine Freude.

Und dann geschah es eines Tages. An einem sonnigen Maimorgen hauchte Trotzki mitten auf der Landstraße seine schwarze Seele aus, in Form eines Knalles. Der Fachmann nennt das Kardanwellenbruch. – Ein Schrotthändler nahm sich seiner an.

Nun waren wir allein, wir drei. Im Sommer wollten wir eine Radtour ins Fränkische machen. Dann könnten wir den schönen Ausblick ins Tal wiedersehen. Dann könnte Bärbel wieder Blumen pflücken und ich am Waldrand rasten. Das Leben könnte auch ohne Auto schön sein. Wäre es nicht vielleicht sogar schöner?

Aber dann passierte das, was ich eigentlich schon immer befürchtet hatte. Paps wurde von seiner Firma befördert und in den Außendienst versetzt. Daraufhin bekam er von seiner Firma ein Auto gestellt, allerdings kein neues; mit dem durfte er auch privat fahren!

Und:
Eines Tages stand er vor der Tür – ein schnittiger Sport-Zweisitzer!

Edith Mohr

Der Quiz-Preis

Wenn ich gewusst hätte, was mir bevorstand, wäre ich nicht mitgegangen.

Doch nun stand ich auf dem Flughafen und hörte mir geduldig an, was mein Mann zu erklären hatte. „Das ist eine DC-4 und dort drüben eine Sportmaschine. Siehst Du den Unterschied?" „Natürlich, lieber Tobias, die eine hat vier Motoren und die andere nur einen." „Und dort hinten schwebt gerade eine DC-7 ein." „Wieso, die hat doch auch nur vier Motoren?"

Tobias sah mich merkwürdig mitleidig an. Doch ehe er mir erklären konnte, warum eine DC-7 nun nicht mit sieben Motoren ausgerüstet ist, hatte Barbara, unser hoffnungsvoller Spross, ihn schon am Ärmel. „Komm, Paps, ich habe drei(?). Wir sind jetzt dran. Mach schnell, Mami, sonst fliegt er ohne uns ab!" Und sie zog mich in Richtung der Sportmaschine.

Ich ahnte Schreckliches. „Tobias was wird das?" „Ja, liebe Mami, heute sollst Du mal die Stadt von oben betrachten." „Du liebe Güte, nein! Ich will nicht. Ich gehe da nicht rein. Ich will nach Hause! Wenn die nun runter fällt?" „Och, Mami", wollte mich mein Sprössling trösten, „so dick bist Du doch gar nicht." Es half alles nichts, geschoben und gezogen saß ich dann doch in der Maschine.

Ich fahre schon nicht gern Aufzug, und nun das! Wenn nie ein Häuflein Unglück in dieser Teufelskiste gesessen hatte, nun saß eines drin. Hatte ich auch bis zuletzt gehofft, ein gütiges Geschick würde diesen Start verhindern, nichts dergleichen geschah, und das Flugzeug rollte an.

Plötzlich rief Barbara: „Sieh nur, Mami, wie hoch wir schon sind!" Ich blinzelte vorsichtig aus dem Fenster. Als ich dann sah, wie hoch wir waren, wurde mir vor Angst ganz seltsam in der Magengegend. Noch nicht mal einen Fallschirm hatte man uns gegeben. Wahrscheinlich hatten meine Knie sehr gezittert; denn das Flugzeug machte plötzlich einen Hüpfer. Und mein Magen auch. Ich habe mich nie in meinem Leben an einem Sitz so festgehalten, es sei denn, beim Zahnarzt.

Paps erklärte uns das Stadtbild, und Barbara war ganz begeistert. Ich sah und hörte nichts als den entsetzlichen Krach des Motors und das Klopfen meines Herzens. „Lieber Gott, wenn ich hier je wieder herauskommen sollte, betrete ich keinen Flughafen wieder!"

Plötzlich gab es einen Ruck! „Huch, Paps, wir fallen", schrie ich. „Dummerchen, wir sind gelandet. War das nicht herrlich?"

Ja, es war herrlich, aber nur, dass wir gelandet waren.

Meine Beine taten jedoch, als wären sie noch wer weiß wo, als wir aus der Maschine kletterten. Und sowas machen manche Leute nun zum Vergnügen. Ich war jedenfalls restlos bedient. „Und was möchtest Du nun sehen, mein lieber Schatz?" „Einen doppelten Weinbrand, mein lieber Tobias." Danach wurde mir dann wieder etwas wohler. Der Flugverkehr begann, mich allmählich wieder zu interessieren. Doch fliegen, nie wieder!

Wir machten uns dann bald auf den Heimweg, weil ich mir noch ein Kleid kaufen wollte; denn am Sonntag fand eine Quiz-Veranstaltung im Funkhaus statt, zu der wir zufällig Karten bekommen hatten. Und da ich mein gutes Kleid mangels schlanker Linie nur noch nüchtern und im Stehen tragen konnte, hatte Tobias mir ein neues versprochen. Ich fand dann schließlich auch eins. Es war ein Gedicht in rosa Spitze. Die Verkäuferin versicherte mir, es mache mich sehr schlank. Ich glaube aber eher, sie wollte endlich Feierabend machen.

Jedenfalls ging es hinten zu, und das war ja schließlich die Hauptsache. War auch ganz schön teuer. Aber ich hatte ja die feste Absicht, beim Quiz mitzumachen, um wenigstens die Unkosten herauszubekommen.

Unsere Unterhaltung daheim bestand nur noch aus Frage- und Antwortspielen. Ich lernte Ohm und Pythagoras, kannte Opernführer und tibetanische Mönchsorden. Beim Köchelverzeichnis und Atomlehre vergingen die Tage und der bewusste Abend kam. Obwohl ich die ganze Nacht auf Lockenwickel gelegen hatte, wegen der Frisur, war ich recht munter und zuversichtlich.

Leider wurde ich bei den ersten zwei Durchgängen überhaupt nicht bemerkt, trotz rosa Spitze und der teuren Plätze in der dritten Reihe. Paps begann schon, mich aufzuziehen, als es endlich hieß; „Bitte, dort die Dame in der dritten Reihe!"

Nun bekam ich aber doch Herzklopfen und der Weg zur Bühne wurde endlos lang. Aber ich hatte es ja so gewollt – hauptsächlich meiner ramponierten Haushaltskasse zuliebe. Irgendeinen Trostpreis würde ich schon bekommen. Wenn ich nur Barbara ihre 3,75 DM zurückgeben konnte, die sie mir großzügiger Weise für ein Paar neue Strümpfe geliehen hatte.

Und dann ging's los. Die Worte des Quizmasters plätscherten über mich hinweg. Ich antwortete brav auf seine Fragen nach Herkunft und Beruf und besonderen Neigungen – und hatte bei all dem nur einen Gedanken: wenigstens 3,75 DM. Dann kam schon die erste Frage: „Was ist Index?"

Ich wollte schon antworten: Rückseite des menschlichen Körpers, doch war ich mir das nicht so recht im Klaren, ob es stimmte. Das Einzige, was mir auffiel, war, dass der Herr mir gegenüber eine besonders aparte Krawatte trug. Im letzten Augenblick dachte ich Brockhaus und seinen vielen auswendig gelernten Weisheiten. „Index ist die alphabetische Inhaltsangabe nach Stichworten in Büchern oder im Katholizismus eine Liste verbotener Bücher." Am Beifall hörte ich, dass die 3,75 DM gerettet waren. Nun wurde ich mutiger. Warum nicht auch die nächste Frage, die mein Vorgänger nicht beantworten konnte. Da war sie schon: „Was ist ein Kanter?"

Ich dachte an den Leiter eines Kirchenchores, als mir rechtzeitig einfiel, dass dieses Wort häufig in Sportberichten erwähnt wird und einen Galopp beim Pferderennen bedeutet. Und ehe ich, ein wenig umständlich zwar, geantwortet hatte, hörte ich am Beifall, dass es recht geraten war. So, nun noch eine Frage richtig und ich hatte das Quiz gewonnen!

Eigentlich wollte ich mich vor Stolz ein wenig recken, doch ich konnte ja nicht wissen, was so ein Konfektionskleid alles ertragen kann. So warf ich einen triumphierenden Blick zu meinem Mann runter: „Siehst Du, doch nicht so dumm, wie Du immer sagst!"

Nun kam der Endspurt. Ich musste mit drei Leidensgenossen um den Preis kämpfen. Vorsorglich schickte ich jedem einen möglichst charmanten Blick. Aber was sind schon weibliche Reize, wenn's um Geld geht? Nun, ich hatte die feste Absicht, mich zu behaupten. Vor Aufregung hätte ich beinahe die Frage verpasst. „Was ist Ekliptik?"

Während meine Partner mit Sonnenfinsternis und Berechnung des Scheitelpunktes operierten, dankte ich im Stillen meinem Schöpfer, dass ich mich schon in der Schule für Sonnen und Sternenkreise interessiert hatte, und später natürlich für Horoskope jeder Art. So wusste ich, dass Ekliptik mit dem Sonnenumlauf durch die, von ihr überstrahlten Planeten zu tun hatte. So konnte ich auch diese Frage richtig beantworten und hatte somit das Quiz gewonnen.

Nur noch wissen, was ich gewonnen hatte, und dann nichts wie runter von der Bühne; denn Barbaras Schuhe drückten mächtig an meinen Füßen.

Zuerst bekam ich einen großen Blumenstrauß in die Hand gedrückt. Ich rechnete schon heimlich aus, was ich nach Abzug der Unkosten für Kleid und Eintrittskarten wohl vom Gewinn behalten könnte, als ich, untermalt von einem Tusch, einen Briefumschlag in die Hand gedrückt bekam.

„Und nun zum ersten Preis unseres Abend, gnädige Frau, Sie haben gewonnen,

eine vierzehntägige Flugreise um die Welt!"

Edith Mohr

Erlebnisse am Weserufer

Wenige von vielen Erinnerungen eines Anglers

Im März 1959 bin ich von Mecklenburg über Westberlin ins Wesertal gekommen. Ich war überrascht über dieses schöne Bergland mit
dem Urstromtal in das die Weser so lieblich eingebettet ist.
Als Kinder und Jugendliche hatten wir in unserem Dorf Godebehn
viele Möglichkeiten, in den Torflöchern, im Bach und in mehreren
Seen zu angeln. Deshalb machte ich am 9. April 1980 die Sportfi-
scherprüfung und wurde Mitglied im Hamelner Sportfischerverein.
Alle Voraussetzungen zum Angeln waren nun auch hier erfüllt.

Herrliche Abende und halbe Nächte habe ich an manchen Wo-
chenenden an der Weser verbracht, denn beruflich war ich sehr beansprucht. Hier konnte ich – was zwar nicht so wichtig war – Fische
fangen. Vielmehr durfte ich ausruhen, die Natur beobachten, meinen
Gedanken nachgehen, ganz einfach wieder Mensch sein.

Da ich überwiegend nur auf Aal aus war, freute es einenschon,
einige Fische mit nach Hause nehmen zu können. In den 80`ger Jah-
ren wurden noch reichlich Aale gefangen. Die Weser hatte noch
einen großen Salzgehalt und somit waren viele Flohkrebse als Futter
für die Aale vorhanden.

Ab 1980 nahm ich schon mal meinen 12 Jahre alten Sohn mit
zum Angeln. Er war immer hell begeistert; nicht nur des Angelns
wegen, sondern auch wegen der Beobachtung der Natur. Auf Vieles
konnte ich ihn aufmerksam machen und erklären. Er ist heute noch
der Natur verbunden und leidenschaftlicher Angler. Naturgemäß
konnte er abends nicht so lange am Wasser bleiben. Mit 12 Jahren
fragte er mich eines Tages „Vati, können wir nicht mal eine ganze
Nacht durch angeln". Seine Mutter war hiermit einverstanden und
die Vorbereitungen begannen. Ein kleines Zelt hatten wir, Angeln
besaß er schon, somit machten wir uns eines Abends auf dem Weg
zur Weser.

Für mein Sohn ein unvergessliches Erlebnis. Wir hatten uns einen
guten Platz, die Mündung des Fuhler Baches in die Weser, ausge-

sucht. Erstaunlicher Weise ein guter Platz, denn in kurzer Zeit hatten wir einen Aal und eine Barbe gefangen. Mein Sohn wurde immer aufgeregter und war voll bei der Sache. Als es immer dunkler wurde, hörten wir auf einmal ein eigenartiges Gebell, ganz in der Nähe. Wir nahmen unsere Angeln aus dem Wasser, die mitgebrachten Taschenlampen in die Hand und gingen auf das Gebell zu. Große Überraschung, ganz in der Nähe im Steilufer des Baches war ein Fuchsbau mit jungen Füchsen. Das Alttier hatte sich durch uns selbstverständlich gestört gefühlt. An Schlafen war für meinen Sohn nicht zu denken. Im fahlen Nachtlicht konnten wir die Füchsin noch einige Male in ca. 50 Metern an der Böschung der *Schlachte* sehen. Sie hatte uns wohl nicht als eine Gefahr angesehen.

In dieser Nacht konnte ich meinem Sohn noch so manches nachtaktive Tier zeigen und die Stimmen der Natur erklären. Dies hat sich nachhaltig in sein Gedächtnis eingeprägt und er hat es bis heute nicht vergessen. Das Angeln mit mir hat ihn dazu bewogen, in die Jugendgruppe des Hamelner Sportfischervereins einzutreten. Wir sind heute, 2015, immer noch Mitglied dieses Vereins.

Einige Jahre später, es war wieder ‚Aal-Zeit‘, machte ich mich eines Abends wieder auf den Weg zur Weser. Ein wunderschöner lauer Angelabend sollte es werden. Zu Anfang lief alles nach Plan: der Aal biss aber wie so oft nicht an. Es wurde dunkel und ich saß auf einer der Buhnen gegenüber des Rohdener Baches, war wohl auch eingenickt und auf einmal ratschte es am Klappstuhl: das Spanntuch war durchgerissen und ich war im Klappstuhl eingeklemmt.

Was nun, kein Angler in der Nähe, der helfen konnte. Einige Minuten brauchte es, bis ich mich aus dieser nicht ungefährlichen Situation befreit hatte. Wäre ich ins Wasser gefallen, na gut. Später habe ich über mich selbst gelacht meine Sachen gepackt und bin nach Hause gefahren.

Es war im Spätsommer: nach der Getreideernte konnte man gut über die Stoppelfelder an die schlecht zugänglichen Stellen an der Weser gelangen. Für mich ein Grund mal wieder einen Angelabend am Wasser zu verbringen, die Ruhe und die Natur auf mich wirken zu lassen. Der Abend ging in die Nacht über und die Fledermäuse flogen schon ihre ersten Runden. Plötzlich laute aufgeregte Stimmen – aber woher?

Ich schaute zu den Kiesteichen auf der anderen Weserseite, wo plötzlich ein ziemlich schnell fahrender Heißluftballon in geringer Höhe auftauchte. Es war zu erkennen, der Ballonfahrer wollte auf der Oldendorfer Seite landen, er war nur zu schnell für die Landung und die Weser kam immer näher. Mein Verstand sagte mir, das schafft ihr nie, dasselbe glaubten die Korbinsassen wohl auch, daher die lauten Stimmen, die ich vernommen hatte. Der Ballonfahrer erkannte nun doch, dass es kritisch würde und gab volle Gasmenge in den Ballon. Der Ballon fuhr ca. 5-6 m über mich hinweg, kam knapp über die Böschungskante und landete ziemlich hart auf dem Stoppelfeld. Den dann folgenden Dialog möchte ich hier lieber nicht zitieren.

Da ich selbst auch schon mit einem Ballon mitgefahren war, ging ich zu den Leuten um sie zu beruhigen und machte ihnen klar, dass sie auch in der Weser hätten landen können. Ein üblicher Umtrunk mit Adelstitel fand aber nicht statt.

Es war wohl im Jahr 1995, die Natur war in diesem Jahr spät dran, so kam ich erst Mitte Mai auf den Gedanken zum Angeln an die Weser zu gehen. Vielleicht beißt eine Forelle oder sogar schon ein Aal an. Ich entschied mich für die Stelle, wo der Heßlinger Bach in die Weser mündete. Herrlich wieder diese Abendstille, das frische Grün in der Natur, die leisen Stimmen der Vögel, nur die Stockenten wurden mal wieder laut. Eine große Brasse hatte ich schon gefangen; da sie Schonzeit hatte setzte, ich sie wieder zurück. Es wurde dunkel, ich war in Gedanken versunken und überlegte, meine Sachen einzupacken, um nach Hause zu gehen. Durch mein Zögern verging aber doch noch einige Zeit. Plötzlich kam etwas großes, gewaltiges auf mich zu, es flog lautlos zwei bis drei Meter vor mir hoch und verschwand. Ich spürte nur einen kräftigen Luftschwall über mich hinweg und schrie vor lauter Schreck laut auf. Was war das? Mir fiel dazu nichts ein. Inzwischen war ein Fuhler Jäger zu

mir gekommen, er hatte nicht weit von mir auf einen Hochsitz gesessen und da wir uns kannten, fragte er „Manfred was ist geschehen, es hörte sich an, als wenn du in Lebensgefahr gewesen warst?"
Nach meiner Schilderung kam er auf die Lösung: Hans Kalisch
wusste, dass im Vorwerk des Gutes Coverden ein Uhu Pärchen brü-
tete. Dieser Uhu hatte mich wohl als Beute ausgemacht.

Einige Jahre später saß ich wieder einmal an der Weser, diesmal
an meinem Lieblingsplatz, einer Sandbank zwischen Fuhlen und
Rumbeck. Meine Angelkollegen sagten immer zu mir, da fängst du
doch nichts, aber das stimmte bei weitem nicht. In den vielen Jahren
habe ich oft Aale an dieser Stelle gefangen. Es war eine ruhige Stelle ohne Steine der Uferbefestigung, und man konnte hier herrlich
entspannen.

An einem der Angelabende, es war schon nach Mitternacht,
konnte ich bei schwachem Licht mitten in der Weser einen
schwimmenden Kopf ausmachen. Einige Tage vorher war ein
Fischbecker Bürger in der Weser ertrunken, da lag es nahe, dass es
der war. Aber er war es nicht: Hier schwamm ein Mann mitten in
der Nacht in der Weser! Als er auf meiner Höhe ankam, sprach ich
ihn an; „Kommst du im Rumbecker Bogen in die Steinpackung,
dann höre ich dich hier oben". „Nein, nein, " antwortete er, „ ich
mache das öfter und kenne mich hier aus." „Wo bist du denn in die
Weser gestiegen?". Antwort: „An der Fuhler Brücke, und in
Großenwieden gehe ich wieder an Land". Wie kommt einer auf
solch eine Idee?

Ein anderer Abend an der Weser, ich saß mal wieder an meiner
so bewährten Sandbank und hörte viele Stimmen auf der Weser
oberhalb von meinem Ansitz. Sie kamen näher und es stellte sich
heraus, dass es eine Kanugruppe war, dem Dialekt nach aus Nord-
deutschland. Sie lagen im Streit, weil keiner von ihnen wusste, wo
sie sich zurzeit befanden. Durch meine Knicklichter an der Angel
wurden sie auf mich aufmerksam, so konnte ich hören wie einer der
Frauen mit Kommandostimme sagte, „den Angler fragen wir mal
wo wir sind". Ich klärte sie über den jetzigen Standort auf und gab
ihnen den Rat, 20 Minuten Weser abwärts an der Fähre in Großen-

wieden an Land zu gehen. Ihr Ziel war eigentlich Rinteln, nur bei fast völliger Dunkelheit in dieser Nacht wohl nicht mehr zu erreichen.

Manche Abende waren so dunkel, dass man nur das Wasser der Weser sehen konnte. In einer dieser Nächte mit völliger Dunkelheit, es war schon sehr spät, saß ich auf einer Buhne, die mit hohem Gras und anderen Pflanzen bewachsen, sehr unzugänglich, aber ein guter Platz zum Aalangeln war.

Einige Aale hatte ich schon gefangen und wenn der Aal beißt, geht man nicht freiwillig vom Wasser weg. Nur war es auf einmal anders, mein Bauch sagte mir, hier stimmt was nicht, alle Sinne waren in Alarmbereitschaft. Nach einiger Zeit bemerkte ich, dass neben mir ein großer schwarzer Hund stand, den ich tatsächlich nicht gehört hatte. Wir schauten uns minutenlang an und schätzten uns gegenseitig ab. In der Hand hatte ich schon das Fischmesser bereit, für den Fall, dass der Hund mich angreifen würde. Aber es passierte nichts, und als von der Böschungskante ein Pfiff ertönte, verschwand der Hund lautlos wie er gekommen war. Seine Augen, die mich so konzentriert und lauernd angeschaut hatten, habe ich nicht vergessen.

Diese Erlebnisse haben mich nie davon abhalten können, <u>nicht</u> zur Weser zu gehen. Für mich ist die Weser bis heute immer noch das schönste und erlebnisreichste Gewässer in unserer Gegend. Viele schöne Stunden habe ich hier verbracht. Fledermäuse, Eulen, Nutrias, und Barben, die man am Ufer fast mit der Hand fangen konnte, waren zu beobachten. Entenmütter schwammen mit ihren Jungen nahe an einem vorbei – solange man sich nicht bewegte. Vor allem die Stille, die Ruhe und das Abschalten vom Alltag, mal ganz für sich sein, hat mir die ganzen Jahre viel geholfen ein ausgeglichener Mensch zu bleiben.

Manfred Radke

So könnte es gewesen sein!
Wie es zu den Hemeringer Schützen kam

Es war im Februar 1814. Die Nacht war eiskalt, und es hatte heftig geschneit. In Hemeringen, einem kleinen Dorf im Westen des Kurfürstentums Hannover nahe der Stadt Hameln herrschte Ruhe. In einer so kalten Nacht ging niemand, der nicht unbedingt musste, aus seinem Haus.

Aber die Ruhe war trügerisch. Aus Richtung Hameln näherte sich ein Trupp ehemaliger französischer Soldaten. Nach Napoleons vernichtender Niederlage bei der Völkerschlacht in Leipzig hatten sie sich ohne jegliche militärische Führung bis nach Hameln durchgeschlagen, in der Hoffnung, in der dortigen französischen Garnison Hilfe zu finden.

Sie hatten nichts Militärisches mehr an sich. Ihre Uniformen waren zerlumpt und verdreckt. Die Haare und Bärte waren lang und verfilzt und bei genauem Hinsehen waren die darin hausenden Läuse gut zu erkennen. Im Gegensatz zu ihrem Aussehen führten sie bestens gepflegte Waffen bei sich. Die Musketen waren schussbereit und die Säbel waren blank poliert.

Ein Mann unter ihnen fiel ganz besonders auf. Er war hünenhaft gebaut und trug eine riesige Axt bei sich. Trotz seiner zerschlissenen Uniform konnte man noch erkennen, dass es sich um einen Sappeur handelte. Er war einer der wenigen Überlebenden, die für Napoleon im Winter 1812 in den eisigen Fluten der Beresina eine Brücke errichtet hatten, über welche dieser nach seiner Niederlage Richtung Frankreich fliehen konnte.

Viele seiner Kameraden hatten in Russland und danach in Leipzig den Tod gefunden, waren auf dem Rückzug aus der Festung Königstein verhungert oder ganz einfach von der Bevölkerung oder sich bildenden Bürgerwehren erschlagen worden. Er und seine Gruppe hatten es mit äußerster Brutalität und vielen begangenen Morden, Plünderungen und

Vergewaltigungen bis zur vermeintlichen Garnison nach Hameln geschafft. Dort mussten sie aber nunmehr feststellen, dass die französische Besatzung nach der verlorenen Schlacht bei Leipzig aus Hameln geflohen war und sie dort nicht willkommen waren. Die Marodebrüder wurden von der Bevölkerung kurzerhand davongejagt.

Ihr Weg führte sie Richtung Westen, wo sie auf das Dorf Hemeringen stießen. Wenn sie gewusst hätten, was sie hier erwartete, hätten sie sicher einen großen Bogen um diesen Ort gemacht.

Leise schlichen Sie durch das Dorf um sich zu orientieren ob es irgendwo die Möglichkeit gäbe, die Nacht im trockenen und warmen zu verbringen. In Ställe wagten sie sich nicht hinein, weil die dort vorhandenen Gänse ein lautes Geschrei gemacht hätten oder die Hofhunde die Bewohner vor ihnen gewarnt hätten.

Nicht, dass die ehemaligen Soldaten vor irgendjemandem Angst gehabt hätten. Sie fürchteten weder Gott noch Tod und Teufel. Sie waren knöcheltief durch Blut gegangen. Aber die Reaktion der Hamelner Bürger hatte sie vorsichtig werden lassen. Freie Bürger sind immer eine Gefahr für Marodeure. Dieses hatten sie schon mehrfach während ihrer Flucht feststellen müssen.

In der Mitte des Dorfes, nahe einer Mühle sahen sie ein großes Bürgerhaus in dem noch ein Licht brannte. Der Schnee dämpfte ihre Schritte, als sie sich vorsichtig anschlichen. Beim schnellen Blick durch das große Fenster sahen sie einen Mann mittleren Alters an einem Schreibtisch sitzen. Er hatte eine Kasse neben sich stehen und machte offensichtlich eine Abrechnung. Ihre Gier nach dem Geld in der Kasse, einem warmen Raum, Essen und Trinken ließ sie jede Vorsicht vergessen. Sie suchten nach einem Hintereingang und fanden diesen auch. Der hünenhafte Sappeur schlug einige Male mit seiner Axt zu, und die Tür lag in Trümmern. Rücksichtslos wie hergelaufene Räuber stürmten die ehemaligen Soldaten in das Haus, durchquerten die Küche und drangen dann in den Raum ein, in dem der Mann seine Tagesabrechnungen gemacht hatte.

Bei dem Mann handelte es sich um den Kaufmann Böhmer. Er hatte den Lärm gehört und sofort seine Kasse in einem geheimen Fach hinter einem Möbelstück in Sicherheit gebracht. Die Marodeure ergriffen ihn und fragten nach dem Geld. Als der Kaufmann das Versteck nicht verraten wollte, banden sie ihn an einen Sessel und machten sich auf die Suche nach weiteren Hausbewohnern. Sie wurden fündig und brachten seine Frau, zwei Töchter sowie das Gesinde in die Stube. Alle wurden gebunden. Dann wurde das ganze Haus nach Essbarem und Wertgegenständen durchsucht. Da der wohlhabende Kaufmann viele seiner Waren im Haus lagerte, wurden sie sehr schnell fündig. Sie sprachen dem Essen und vor allen Dingen dem Wein und dem Schnaps kräftig zu. Durch den Alkohol verloren sie langsam die Kontrolle über sich und wurden immer hemmungsloser. Nachdem die Dienstmägde weggezerrt, vergewaltigt und eingesperrt worden waren, widmeten sie sich wieder dem Kaufmann und seiner Familie.

Sie schlugen seine Frau vor den Augen der Töchter. Dann drohten sie, den noch minderjährigen Mädchen etwas anzutun. Der Kaufmann verriet ihnen daraufhin das Versteck des Geldes. Die französischen Marodeure öffneten die Kasse und waren äußerst ungehalten über die geringe Summe, die sich darin befand.

Der Sappeur hob voll Wut seine Axt und enthauptete den Kaufmann vor den Augen seiner Frau und seiner Töchter. Danach wurde weiterhin dem Schnaps und Wein zugesprochen, bis einer der Mordbrüder nach dem anderen im Alkoholrausch in tiefen Schlaf fiel.

Eins der Dienstmädchen hatte sich währenddessen aus seinem Zimmer befreien können. Es schlich sich vom Haus weg zur Mühle. Dort weckte es die Bewohner und berichtete was geschehen war.

Der Müller schickte sofort einen seiner Gehilfen los zum Böhmerhof, um in Erfahrung zu bringen wie die Lage dort war. Dieser Gehilfe kam mit der Nachricht zurück, dass in der Stube der Hausherr läge und enthauptet sei, und dass die Soldaten wohl alle in einem tiefen Rausch lägen. Der Müller ließ daraufhin in allen Häusern des Ortes die Bewohner wecken. Die alarmierten Männer fanden sich mit Sensen, Forken und Knüppeln bewaffnet bei der Mühle ein. Leise gingen sie dann zu dem Haus des Kaufmanns und stellten fest, dass die Räuber und Mordbrüder immer noch im tiefen Schlaf lagen. Sie schlichen sich in das Haus hinein und durchsuchten alle Zimmer. Aber offensichtlich hatten die französischen Soldaten eine Wache nicht für nötig befunden und lagerten zusammen im warmen Wohnzimmer des Hauses.

Die Hemeringer stürmten dort hinein und bevor die Soldaten richtig aus ihrem tiefen Rausch erwachten, waren sie bereits gefesselt. Sie wurden hinaus in den Schnee geworfen und warteten dort auf ihre Aburteilung. Die über den brutalen Mord wütenden und aufgebrachten Bürger Hemeringens, beschlossen die Gerechtigkeit selbst in die Hand zu nehmen. Dem Mörder, der den Kaufmann Böhmer enthauptet hatte, wurde kurzerhand der Prozess gemacht. Er wurde unverzüglich an der großen Linde, welche sich vor dem Haus des Kaufmanns befand, aufgehängt. Mit seiner eigenen Axt wurde anschließend das Henkersseil durchgehackt und der Mann wurde in eine Schweinesuhle am Hemeringer Berg geworfen, wo seine sterblichen Überreste von Wildschweinen gefressen wurden. Die restlichen Soldaten wurden geschoren. Man nahm ihnen alle ihre Waffen, Kleidung und Habseligkeiten ab und jagte sie dann über die nahe gelegene Grenze in das Königreich Hessen-Kassel. Man hat nie wieder etwas von Ihnen gehört.

Den Hemeringern aber war dieses eine große Lehre.

Nach dem Geschehen gründeten sie eine aufmerksame Bürgerwehr die weiteres Unheil von ihrem Dorf abwandte. Diese Bürgerwehr nannte sich

„Die Schützen".

Jörg Künne

Das Eichenblatt

Hoch oben auf der Eiche hat
es einen Platz gegeben,
auf dem das schöne Eichenblatt
ganz herrlich konnte leben.

Das Blatt war prächtig und sehr schön,
hing oben an dem Baum,
war wie ein Schmuckstück anzusehn,
ein echter Blättertraum.

Durch einen Windstoß war die Zeit
dann über Nacht passé.
Das Eichenblatt flog ziemlich weit
und lag auf der Chaussee.

Danach flog's auf den Bürgersteig,
lag da dann ganz allein.
Kein Ast war da, und auch kein Zweig,
nur harter, kalter Stein.

Wie sollte es nun weiter gehen?
Was war noch zu erwarten?
Wie kann das Blatt, und auch mit wem,
noch einmal ganz neu starten?

Das Eichenblatt, man glaubt es nicht,
träumt noch von Ruhm und Ehre.

Ein Mensch mit gleicher Absicht spricht –
in dem Fall von Karriere.

Das Eichenblatt möcht' unbedingt
noch mal nach oben steigen,
und sich vom Platz, der glänzt und blinkt,
den Menschen glücklich zeigen.

Ein Siegerkranz! Der könnt' es sein;
denn der braucht Glanz und Glimmer.
Da passt das Eichenblatt hinein;
denn Eichenlaub glänzt immer.

Rudi Küssner

Kuhlmann sin Brotherr!

Das alte Bürgerhaus Lange Straße 39 war seit Mitte des 18. Jahrhunderts Heimat verschiedener jüdischer Familien, die als Schutzjuden unter der besonderen Fürsorge der Schaumburger Grafen standen – gegen gute Bezahlung, versteht sich.

Moses Jakob war der letzte Oldendorfer Schutzjude, bevor Napoleon die allgemeine Gleichstellung aller Bürger anordnete. Die bisher nur mit einem oder mehreren Vornamen ausgestatteten jüdischen Mitbewohner mussten auf Anordnung der neuen französischen Herrschaft Familiennamen annehmen. Rosenberg nannten sich künftig die Bewohner von Lange Straße 39. Sie handelten überwiegend mit rohen Tierfellen und Leder.

Das Geschäft florierte und bald reichte der Platz zum Trocknen der Häute nicht mehr aus. Um 1910 gab deswegen Hermann Rosenberg dem Maurermeister und Hausschlachter Carl Kuhlmann den Auftrag zum Bau einer neuen Scheune mit zwei Trockenböden und einer „Remise".

Maurermeister Kuhlmann kam mit seiner Arbeit gut voran – nur das Baumaterial wurde immer knapper, da sich besonders nachts „Liebhaber" fanden, die auch Verwertung dafür hatten.

„Kuhlmann, willst du nicht nachts auf meine Steine aufpassen – es soll dein Schaden nicht sein!"

„Dat will ick woll, Rosenberg."

Und so machte Kuhlmann auch noch nachts seine Kontrollgänge an der neuen Scheune. Kuhlmann war als kräftiger Mann bekannt, dem man besser nicht in die Quere kam und so herrschte nachts auf Rosenbergs Baustelle schon bald Ruhe. Erst „vergaß" Kuhlmann mal einen nächtlichen Kontrollgang und schon bald fand er es dann unter seinem warmen Federbett gemütlicher als in verregneter dunkler Nacht auf Rosenbergs Baustelle.

Es dauerte nicht lange, dass auch Hermann Rosenberg davon erfuhr, wie genau es sein verdingter Nachtwächter mit dem gut bezahlten Nebenjob nahm. „Warte nur, dir will ich wohl helfen", schimpfte Rosenberg und kündigte nun seinerseits einen nächtlichen Kontrollgang an.

In den Kleinstädten haben die Wände Ohren und so erfuhr auch unser pflichtvergessener Maurermeister schnell von den Absichten des Fellhändlers. Als nun Hermann Rosenberg um Mitternacht zwischen Gerüstbrettern und aufgestapelten Ziegelsteinen vorsichtig anschlich, um die Anwesenheit Kuhlmanns zu prüfen, war unser pfiffiger Maurermeister längst auf Posten.

„Diu vermuckte diebische Elster!" und schon tanzte Kuhlmanns Eickheister auf Rosenbergs Rücken den Viertourigen. Alles Schimpfen Rosenbergs half nichts, bis unser misstrauischer Bauherr in höchster Not rief:

„Kuhlmann, Kuhlmann, loat dat, loat dat, eck sin doch din Brotherr!"

Da ließ Kuhlmann von ihm ab: „Rosenberg, Ihr seid das! Das hättet ihr doch gleich sagen sollen!"

Zweifel an Meister Kuhlmanns Zuverlässigkeit hat man nie wieder gehört.

Bernd Stegemann

Sprachlos

Dunkel, kalt und windig war es, als er mit seiner Frau über die große Straßenbrücke ging, die den breiten Fluss in der mittelgroßen Kreisstadt überspannte. Beim Blick über das Geländer sah er den schnell dahin fließenden Fluss, dunkelgrau das restliche Licht des sich neigenden Tages teilweise glitzernd reflektierend.

Vor Tagen hatte die Sekretärin der onkologischen Abteilung des Krankenhauses angerufen und ihm in sachlichem und geschäftigen Ton mitgeteilt, dass sie einen Termin mit ihm vereinbaren müsse, da ihr Chef mit ihm sprechen wolle, am besten an einem Abend nach Ende der Sprechstunde und ein Zeitpunkt wurde vereinbart.

Was das alles für ihn bedeutete, war ihm augenblicklich klar, denn bei der Entnahme einer Gewebeprobe vor einigen Tagen hatte man nun doch Krebszellen gefunden. Dieses sollte besprochen werden und wie es jetzt weitergehen müsste.

Wie sollte er das seiner Frau sagen? Sie machte sich immer so viele Sorgen um ihn, wenn er bei der Arbeit oder mit dem Auto unterwegs war, wenn ihn eine Krankheit bei seinen Aktivitäten behinderte oder auch schon dann, wenn er abends müde und abgespannt nach Hause kam. Er wollte einfach nicht, dass sie sich um ihn diese Gedanken machte, denn das verdeutlichte ihm seine eigene Schwäche, die er nicht zugeben konnte.

In den vielen vergangenen Jahren hatte er nur, wenn es überhaupt wirklich nicht mehr ging, so zum Beispiel, als er durch einen leichtsinnig von ihm herbeigeführten Unfall eine Operation am Knie über sich ergehen lassen musste, bei der Arbeit gefehlt, denn für ihn war eine Krankheit Schwäche und Schwächen mussten verborgen und nicht überall erzählt werden. Tat das jemand, konnte er nur abfällig darüber denken, in dem er sich sagte, wenn jemand nichts leistet,

leistet er sich wenigstens seine Krankheit und macht das noch überall bekannt.

Da er sich oft darüber Gedanken um die Frage machte, was wohl die Ursachen für seine Einstellung zu den Dingen des Lebens waren, dachte er auch jetzt über seine Haltung zu Krankheiten nach. Es war ihm schon klar, dass er abfällig über die Schwächen seiner Mitmenschen dachte und sie bei sich nicht zuließ.

Als eine der Ursachen dazu sah er seine Erziehung an. „Jungens weinen nicht!" Oder „stell dich nicht so an", waren Reden, die sein Vater oft geführt hatte. Wenn er von seinem Vater meist verdient eine Tracht Prügel mit dem Rohrstock erhielt, durfte er nicht weinen, denn das hätte unweigerlich zu mehr Schlägen geführt. Also lernte er schon als kleiner Junge die Zähne zusammenzupressen und niemandem zu zeigen, wenn ihm etwas Schmerzen bereitete.

Später dann, bei den Soldaten, musste man hart gegen sich selbst sein, und Schwächen nicht aufkommen lassen, sondern den „inneren Schweinehund", wie man sagte, überwinden, wollte man nicht als Drückeberger oder Schwächling gelten.

Im Beruf beargwöhnte er seine Kolleginnen und Kollegen, die sich krank meldeten und ihrer Arbeit fern blieben, denn er zweifelte daran, ob sie auch tatsächlich arbeitsunfähig seien.

Diese Einstellung hatte sich durch sein bisheriges Leben gezogen und oft sein Verhalten geprägt. Dass er dadurch gegenüber seinen Mitmenschen oft rücksichtslos erschien und wenig Mitgefühl für ihre Leiden empfand, wurde ihm nicht deutlich.

Langsam dämmerte ihm, dass es bei einer Krebserkrankung wirklich ernst um ihn stand. Verwandte und Freunde hatten Krebs bekommen, hatten lange gelitten, waren gestorben oder nie mehr ganz gesund geworden. Was sollte werden, wenn er die Operation nicht lebend überstand, oder später irgendwann sterben würde? Der Tod, sein eigener, war in sein Bewusstsein greifbar nahe getreten. Vor dem Tod hatte er eigentlich keine Angst, denn diese Angst war von der Logik her unsinnig, hatte er für sich erkannt. Was jedem Lebewesen früher oder später widerfährt, was sozusagen zum Leben dazu gehört, sollte niemandem Angst machen. Er hoffte, dass wurde ihm gleichzeitig bewusst, auch so denken zu können, wenn er unmittelbar vor seinem eigenen Ende stand. Sich jetzt allerdings schon Angst zu machen, bedeutete eigentlich auch, dass er es durch sein eigenes Verhalten zuließ, dass der Tod in diesem Augenblick und vor der Zeit, seine Hand nach ihm ausstreckte.

Er musste mit seiner Frau sprechen und sie über seinen Zustand unterrichten, dass war er ihr schuldig. Immer hatten sie sich über die Dinge des täglichen Lebens unterhalten und jeder hatte den anderen an seiner innersten Gefühlswelt teilhaben lassen. Er kam sich auch schäbig vor, wenn er seinen Partner von seinen Nöten und Ängsten ausschloss, obwohl sie sich doch einmal versprochen hatten, in guten und auch in schlechten Zeiten zusammen zuhalten und immer nebeneinander zu gehen.

Er hatte mit seiner Frau ein langes Gespräch geführt. Sachlich und ohne Emotionen war das abgelaufen und sie beschlossen, dass sie zur Besprechung bei dem Chefarzt mit ihm ging. Er war letztlich darüber sehr dankbar, dass sie nicht gesagt hatte, „da musst du alleine durch" oder „das ist deine Sache". Auch hatte sie keine Fragen darüber gestellt, wie sie alles alleine regeln sollte, wenn er im Krankenhaus lag, lange krank und schwach nach der Operation war, oder eventuell alles nicht überstehen würde. Sie wusste, dass sie ihn nicht zusätzlich belasten durfte, weil er mit seiner schweren Krankheit schon alleine genug zu tun hatte. Sie machte ihm Mut, nicht vorschnell aufzugeben, denn er hatte eine gute innere positive Einstellung und seine körperliche Kondition ließ auch nichts zu wünschen übrig. So würde er alles bestens schaffen und außerdem seien die fähigen Leute, ausgebildet, kompetent und erfahren im Krankenhaus, die sich seines Krebsproblems annehmen und ihm letztlich helfen würden. Für diese Worte war er dankbar und empfand tiefe Liebe zu seiner Frau.

Mutig und ruhig erschienen sie im Krankenhaus und beide hatten ein langes und ausführliches Gespräch mit dem Arzt geführt. Sie wussten jetzt, wie sich der Krebs in ihm entwickeln würde, dass der Zeitpunkt für eine Operation noch nicht überschritten sei, und dass man Erfolg haben würde. An mehreren Schautafeln erklärte der Chefarzt, wie man operieren müsste und mit welchen Operationsfolgen man zu rechnen habe und wie man dem entgegen wirken könnte.

Schließlich legte man den Termin für die Operation fest und nach abschließenden Worten, es würde alles gut gehen und es beständen gute Aussichten, von der Krankheit endgültig befreit zu werden, verabschiedete man sich.

Auf der Brücke gingen sie schweigend, sich an der Hand haltend, in Richtung Auto, beide mit den Gedanken beschäftigt, was die Zukunft bringen würde.

Er hatte die Krebsoperation ohne Komplikationen überstanden und wurde vollkommen geheilt. Einige Jahre später stellte man sogar die Nachsorgeuntersuchungen ein, weil sie nicht mehr als nötig angesehen wurden und mit einer Neuerkrankung nicht zu rechnen war.

Gustav Denzer

Der schwere Eisgang 1947

Der Winter 1946/47 begann schon Anfang Dezember mit strengem Frost. Nur von wenigen milden Tagen unterbrochen, dauerte der harte Winter bis zum März. Das Thermometer sank bis auf −20 Grad. Im Januar setzte sich das Treibeis auf der Weser fest und die Eisdecke wurde so dick, dass Lastwagen über den Strom fahren konnten. Da die Fuhlener Weserbrücke noch kurz vor Ende des 2. Weltkrieges gesprengt worden war und die Weserfähren wegen des Eises nicht verkehren konnten, bildete die Eisbrücke die einzige Verbindung zwischen den Ortschaften diesseits und jenseits der Weser.

Besonders kritisch wurde die Situation Anfang März, als sich oberhalb des Hamelner Weserwehres das Treibeis zu einer Barriere aufschob und so riesige Wassermassen staute. Dieser gewaltige Druck entlud sich am 9. März 1947, als die Eisbarriere brach und ab 0:15 Uhr eine Flutwelle von 5,60 Meter Höhe sich in das Oldendorfer Wesertal wälzte. Mit dem Wasser wurden gewaltige Mengen dicker Eisschollen transportiert, die sich erst nach vierstündiger Flutwelle am Boden ablagerten. Ineinander geschoben, neben- und übereinander hatte sich die Weseraue in eine Polarlandschaft verwandelt.

Nachmittags um 15 Uhr brach auch die Weser vor Hessisch Oldendorf auf und setzte langsam das Eis in Bewegung, weserabwärts hielt die Eisdecke noch.

Wolfgang Blancke, ein Augenzeuge, der die Naturkatastrophe in einem Holzhaus an der (heute verfüllten) Kiesgrube zwischen Weserbrücke und Steinbrinksbach, der sogenannten „Insel", überlebte, berichtet eindrucksvoll:

„Wir waren längst schlafen gegangen, als gegen Mitternacht jemand stürmisch an unsere Tür klopfte und erklärte, dass wir mit unserer nötigsten Habe schleunigst unsere Wohnung räumen sollten.

Die Weser sei vor Hameln aufgebrochen und eine große Flutwelle stünde unmittelbar bevor.

Diese unangenehme Nachricht nahmen wir zunächst nicht ganz ernst, beratschlagten dann aber doch, was zu tun sei. Ich entschloss mich, Kleidung anzulegen und draußen Umschau zu halten.

Ich vergesse nicht den ersten Eindruck. Die Warnung war reichlich spät gekommen. Es war, als ob die Welt untergehen wollte. Die Luft war erfüllt vom Brausen und Tosen des Wassers und vom Bersten und Brechen des Eises. Das Wasser war ständig im Wandern und Wachsen. Neben uns füllte sich mit donnerndem Getöse die große Kiesgrube, die tief unten noch eine dicke Eisdecke trug, mit Eisschollen und Wasser. Vögel, in ihrer Nachtruhe aufgeschreckt, schwirrten lärmend und aufgeregt vorüber.

Es war nun keine Zeit mehr zu verlieren. Schnell wurden ein paar Dinge im Koffer verpackt. Unseren kleinen Sohn setzte ich in den Rucksack und dann zog ich mit meiner Frau in dunkler Nacht los – der schützenden Stadt entgegen. An manchen Stellen hatte uns bereits Wasser den Weg versperrt und wir mussten hindurch waten. Ich konnte aber Frau und Kind im elterlichen Hause wohlbehalten abliefern und damit war das wichtigste erst einmal getan.

Nun ging es im Dauerlauf zurück, um unsere Haustiere und den Hausrat zu retten. Der Rückweg zu unserem Hause war grausig. Der Mond trat aus den Wolken hervor und beleuchtete die Wasserwüste. Es war ein schaurig schönes Bild. Das Wasser hatte bereits die Straße erreicht. Ich stand unschlüssig, ob ich hindurch gehen sollte oder nicht. Ich ging – und musste den ganzen Weg durch eiskaltes Wasser waten.

Die Hühner holte ich einzeln aus dem Hühnerstall und setzte sie im Zimmer auf den Kleiderschrank. In Sekundenschnelle baute ich mit Brettern ein Gerüst von Schrank zu Schrank und packte Kleidung und Wäsche hinauf. Das Bett stellte ich auf zwei Tische, Tische und Stühle verband ich wiederum mit Brettern und stellte so

Laufstege her. Meinen Hund setzte ich in einen Sessel hoch unter der Zimmerdecke und gab ihm Brot zur Ablenkung, denn er war mächtig aufgeregt.

Da quoll auch schon das Wasser durch die Fußbodenritzen und stieg höher und höher. Allmählich wurde es ungemütlich. Draußen war das Wasser schon auf eineinhalb Meter gestiegen. Mit starker Strömung trieben Eisschollen an das Haus, stießen unter Scheuern und Knirschen an die Holzwände und erschütterten das ganze Gebäude.

Noch immer stieg das Wasser und immerfort berannten die Eisblöcke das leicht gebaute Haus. Wie lange mochte der Holzbau noch halten? Ich öffnete das Fenster und rief in die tosende Nacht hinaus um Hilfe. Doch wer sollte den Ruf bei einem derartigen Getöse hören, wer sollte mir überhaupt bei diesem Eisgang zu Hilfe kommen können?

Später erzählte man mir, dass meine Hilferufe doch gehört worden waren. Da ich noch in dem Holzhaus vermutet wurde, hatte man schon vorsorglich englische Soldaten alarmiert. Diese versuchten dann mit einem Schwimmpanzer mich aus meiner Not zu retten, aber gegen die Eismassen war auch ein Panzer hilflos und musste abdrehen.

Vom Fenster aus schaute ich in die dunkle Nacht, sah nur Wasser und sich drehende riesige Eisschollen auf denen oft Hasen, Kaninchen und Mäuse ängstlich vereint um ihr Leben zitterten. Als das Wasser im Zimmer auf 80 cm gestiegen war, blieb es endlich stehen. Darüber war ich zunächst beruhigt und legte mich total erschöpft etwas hin. Von meinem erhöhten Bett aus ließ ich den Zollstock zur Tiefenlotung hinabgleiten und stellte fest, dass das Wasser nicht mehr stieg. Dann ließ ich meinen Arm als Warn- und Kontrollorgan aus dem Bett hängen und schlief ein.

Erst gegen neun Uhr morgens wachte ich auf. Ich glaubte, ich hätte geträumt. Das Wasser im Zimmer war verschwunden, nur dicker Schlamm bedeckte den Fußboden. Als ich zum Fenster hinaussah, lachte mich ein sonniger Morgen an. Das Wasser hatte sich verlaufen, aber dafür war die ganze „Insel" zu einer wilden Eiswüste geworden. Zu Hügeln hatte sich das Eis aufgeschichtet, übereinander lagen die Eisblöcke und bildeten eine Gletscherlandschaft mit Spalten und Klüften. Die große Eisdecke der nahen Kiesgrube hatte sich vollständig gehoben und sich genau neben unser Haus auf den Garten gelegt. Zwischen den Eismassen lagen angeschwemmte Zäume, Bretter, Bäume, ganze Schuppen und tote Tiere. Soweit das Auge reichte, war nur Eis – nichts als Eis.

Und Ruhe fand die eisige Pracht immer noch nicht. Es rutschte, knisterte und brach, es tropfte, floss und bildete kleine Bächlein unter den Schollen. Eine Überwindung dieser arktischen Landschaft schien für mich zunächst unmöglich. Aber als ich weit hinten am Bahndamm viele Menschen erkannte, die das Naturschauspiel betrachteten, machte ich mich doch auf den Weg. Mit Hilfe einer langen Stange überwand ich die zwei Meter hohe Eiswüste. Für den sonst nur fünf Minuten langen Weg benötigte ich jetzt über eine halbe Stunde."

Niemand konnte sich in jenen Tagen vorstellen, dass die gewaltigen Eismassen schon bald verschwunden sein könnten. Doch die Kraft der Märzsonne und ein warmer Frühlingsregen ließen das Eischaos schon Ende März vergessen. Nur einzelne besonders große und dicke Schollen lagen wie urzeitliche Findlinge auf erhöhten Stellen der Weserwiesen und Kleingärten und erinnerten an das gewaltige Naturereignis. Noch im April, als meine Großmutter in ihrem Garten auf der „Insel" schon Erbsen legte, spielten wir Kinder „Bergsteigen" auf den inzwischen schmutzigen und unansehnlich gewordenen Eisblöcken.

Bernd Stegemann

Sommerferien

Wir schrieben das Jahr 1951. Es sind nur noch ein paar Tage, und die Sommerferien begannen. Meine Schwester Erika, sie war damals 12 Jahre alt, hatte schon mit dem Kofferpacken begonnen. Ich war 4 Jahre jünger und hielt mich – als „Mann" – aus solchen Sachen raus. Oma hatte uns eingeladen, einen Teil der Ferien bei ihr zu verbringen; sie wohnte in der Nähe von Hildesheim.

Dann war es endlich so weit. Unsere Mutter brachte uns zum Bahnhof in Afferde; einen Vater hatten wir nicht mehr; er war im Krieg gefallen.

Es dauerte nicht lange und ein von einer Dampflok gezogener Personenzug näherte sich und hielt mit quietschenden Bremsen am Bahnsteig. Wir stiegen schnell ein und die Reise begann. Winkend verabschiedete sich unsere Mutter und dann waren wir uns selbst überlassen.

Der Zug war nur spärlich besetzt, und wir konnten es uns auf den Holzbänken gemütlich machen. Zahlreiche Zwischenhalte folgten und die Fahrt bis Hildesheim dauerte ziemlich lange. Dort angekommen, mussten wir auf den Bahnhofsvorplatz, um mit der roten Straßenbahn der Linie 11 Richtung Hannover nach Hasede zu fahren.

Wie alles ablaufen sollte, hatte Großmutter uns geschrieben und Erika hatte sich fein säuberlich alles notiert und trug das Schreiben immer bei sich. An der Haltestelle, die uns Oma beschrieben hatte, stiegen wir aus. Von dort ging es zu Fuß weiter, etwa 2 – 3 km. Unser Ziel war ein Haus im Wald; da wohnten Oma, Tante Minna, Tante Anna und Onkel Klaus.

Wir trugen den ziemlich schweren Koffer gemeinsam und kamen nur langsam voran. Es ging vorbei an einer Zuckerfabrik, dann überquerten wir eine große Wiese und gelangten an einen kleinen

Bach. Da mussten wir rüber, so hatte es Oma beschrieben. Zum Überspringen war er zu breit. Wir zogen Schuhe und Strümpfe aus und wateten durch das knietiefe Wasser. Kalt war es uns nicht; denn wir erlebten einen schönen Sommertag.

Flugs wurden Strümpfe und Schuhe wieder angezogen, und schon ein wenig mühsam ging es weiter. Bald konnten wir einen schmalen Feldweg verlassen und danach folgte eine breite Schotterstraße. Diese Straße führte uns direkt zum Wald und gleich – nachdem sich ein Blätterdach über uns ausbreitete – sahen wir das Haus vor uns. Es war vollkommen eingezäunt und am Tor mussten wir laut rufen, bis uns jemand bemerkte.

Dann begrüßten uns Oma, die beiden Tanten und Arras, ein Riesenschnauzer. Er sprang mich an – und schon lag ich auf dem Rücken (wir wurden aber trotzdem dicke Freunde und bei vielen Spaziergängen war er mein treuer Begleiter). Onkel Klaus war bei der Begrüßung noch nicht dabei; er kam erst abends von der Arbeit nach Hause.

Unbeschwerte, spannende und erlebnisreiche Ferientage begannen. Außer dem Hund gab es auf Omas Hof noch zwei Ziegen, einige Gänse, Hühner und einen Hahn.

Morgens holte Oma die Ziegen aus dem Stall und brachte sie auf eine nahegelegene Weide. Kleine Pfosten wurden in die Erde gerammt und die Tiere festgebunden. Wenn in dem Bereich alles kahl gefressen war, musste ich die Pflöcke wieder aus der Erde ziehen, die Ziegen ein Stück weiterführen und wieder anbinden, mehrmals am Tag.

Abends wurden die beiden „Milchlieferanten" von Oma gemolken. Aus der Milch fertigte sie, wie von Zauberhand, Butter und Käse. An den Geschmack musste ich mich erst einmal gewöhnen. Allerdings blieb mir auch nicht anderes übrig; denn große Auswahl bezüglich Nahrung gab es nicht; wir waren froh, wenn wir satt wurden.

Nachdem etwa eine Woche vergangen war, kamen mein Cousin Lothar und seine Mutter, die auch eingeladen waren. Er war drei Jahre älter als ich und in der Folgezeit haben wir vieles gemeinsam unternommen. Wir fertigten uns aus Weidenzweigen Speere, Pfeile und Bogen, und aus Astgabeln Zwillen.

Aus Übermut habe ich einmal mit dem Flitzebogen auf eine Gans geschossen. Sie fiel auch tatsächlich um: Der Schreck war riesig, und es kullerten schon die ersten Tränen. Ich kniete vor der Gans und konnte das Geschehene nicht fassen, denn so eine Tat hätte sicherlich eine empfindliche Strafe zur Folge gehabt. Doch zum Glück, und zu meiner großen Erleichterung, erholte sich das Tier wieder. Und, noch etwas wackelig auf den Beinen, watschelte es schnatternd davon.

Bei Oma hatte auch die Religion einen wichtigen Platz in der Familie. Vor und nach jeder Mahlzeit wurde gebetet. Abends blieben alle Anwesenden nach dem Tischgebet sitzen. Von einem an der Wand hängenden Kalender riss meine Oma täglich das aktuelle Blatt ab und las die aufgezeichnete religiöse Geschichte vor. Zusätzlich wurde auf unterschiedliche Kapitel in der Heiligen Schrift hingewiesen. Großmutter nahm die alte, schwere Bibel zur Hand und die angegebenen Passagen wurden vorgetragen. Alle Beteiligten hörten andächtig zu. Jeder Tag wurde auf diese Weise beendet.-Danach war es auch spät genug, und wir Kinder mussten ins Bett.

Das waren unvergessene Eindrücke und Erlebnisse aus den Sommerferien meiner Kindheit. Vieles ist noch in so lebhafter Erinnerung, als wäre es mit farbigen Stiften gemalt.

Dieter Sommerfeld

Der Wattwurm Felix

Der Wattwurm Felix kam zur Welt,
ganz nah an einem Priel,
und weil der Platz ihm gut gefällt,
pflegt er dort Sport und Spiel.

Dabei ist er sehr gern geseh'n,
er reiht sich prima ein.
Doch oft ist's nicht so angenehm,
denn er ist ganz allein.

Man sieht ihn dann den Sand verschlingen
und auch ein Türmchen bauen.
Dabei sucht er vor allen Dingen
die schönen Wattwurm-Frauen.

Dem guten Felix fehlt bisher,
die Frau zur Zweisamkeit.
Die Suche für ihn ist sehr schwer,
und braucht wohl noch viel Zeit.

Der Weihnachtsmann soll Hilfe bringen;
und Felix wünscht, dass es passiert,
dass er ihm eine Frau wird bringen,
mit der er harmoniert.

Dann wird aus Sand ein Haus gebaut
vom jungen, schönen Paar,
und bald danach, wenn sie getraut,
sind kleine Würmer da.

Rudi Küssner

So war es!
Über Erwin – und Erwin seine Vorfahren

Erwin seine Großmutter Marie Thielke, geborene Bold, stammte aus einer alten Pötterfamilie (Ofensetzer), die dieses Handwerk schon seit dem späten Mittelalter ausgeübt hatte.

1922 verließ Lübeck sie mit 33 Jahren schweren Herzens mit Erwin seinen Großvater – nicht nur der Inflation wegen: Gewiss trugen auch wirtschaftliche Gründe dazu bei, aber der Großvater hatte sich damals politisch wie gewerkschaftlich etwas zu engagiert betätigt. Erwin seine Großmutter jedenfalls hatte seitdem immer Heimweh nach Lübeck.

Seit Ende der zwanziger Jahre betrieb sie die Poststelle im Ort und zusätzlich noch die Agentur von „Schachenmeier-Wolle". Nicht ganz zufällig gab sie in der Schule Handarbeitsunterricht. Als Selbstversorger mussten schließlich der Garten und das Kleinvieh auch noch bewerkstelligt werden.

Erwin seine Großmutter war eine äußerst warmherzige Frau und immer für ihre Enkel da. Klein Erwin sein erster Platz war, wenn es Prügel geben sollte, immer hinter seiner Großmutter Schürze, hier war er sicher und geborgen.

Erwin sein Großvater, Albert Thielke, geboren am 14. März 1888 in Godebehn, war hier schon mal Stellmacher. Opa Thielke hatte aber eine Sonderstellung durch seine absolute Zuverlässigkeit und Loyalität zur Familie von Flotow. Er war auch mit den Kindern der von Flotow zur Schule gegangen und - was eigentlich ungewöhnlich war - mit ihnen befreundet. Da er zwei Meistertitel hatte – Stellmacher und Drechsler – durfte er die Buchführung des Gutes erledigen. Neben der Werkstatt bewirtschaftete er noch den gutseigenen See von ungefähr 100 Hektar. Von ihm musste er die Hälfte des Fischfanges der Gutsküche zuführen.

Außerdem betrieb er noch nebenberuflich die Versicherungsagentur der Mecklenburger Brandkasse. Und zu allem noch Wünschelrutengehen, Obstbaumveredlungen und eigene Bienenvölker. Ein außergewöhnlich fleißiger Mann! Erwin hat sich später immer gefragt, wie sein Großvater das alles schaffen konnte.

Als der Krieg zu Ende war, setzte sich sein Großvater auch im Ort für eine gewisse Ordnung ein. Hierzu gehörte auch, dass der Schulbetrieb wieder aufgenommen werden konnte. Dabei machte er sich die im Schulhaus wohnende Familie zum Feind. Zu der Zeit waren viele russische Soldaten unterwegs, teils um den Leuten die neue Ordnung beizubringen, teils auch um selbst Essbares zu finden. Weil der Großvater bei der schon erwähnten Familie versucht hatte zu vermitteln, schwärzten sie ihn bei den Russen an: Dieser Mann (der Großvater) sei ein großer Nazi gewesen!

Die reichlich angetrunkenen russischen Soldaten stellten Erwin sein Großvater an die Wand und diskutierten nun, wer schießen sollte. In dieser Situation kam Erwin sein Vater gerade noch zur rechten Zeit, der, weil er leidlich russisch sprach, schnell von einem Einwohner geholt worden war. Er drohte, sofort die Kommandantur in Neubrandenburg anzurufen, denn er kannte die Namen wichtiger Offiziere. Das wirkte! Die Russen wurden unsicher, und als der Vater, so wie auch einige Bürger bestätigten, dass der Großvater nie ein Nazi gewesen war, zogen sie ab. Somit war Großvaters Leben, das so sehr an einem seidenen Faden gehangen hatte, gerettet.

Wenn diese Geschichte in der Familie zur Sprache kam, ging Großvater immer aus dem Zimmer. Er, der schon immer so viel für das Dorf getan hatte, und auch in den folgenden Jahren noch tat, wurde nie mit dieser Denunzierung fertig. Obwohl die Gewässer der Gemeinde zwangsbewirtschaftet waren, hatte er sie abgefischt und für Flüchtlinge bis zum Schluss immer noch Fisch übrig gehabt. Großvater Thielke war ein sehr intelligenter, warmherziger und fleißiger Mensch. Für Erwin war er die Bezugsperson, so lange er lebte.

Erwin seine Mutter wurde im Juni 1915 in Lübeck geboren. 1922, nach der großen Inflation, kam sie mit ihren Eltern nach Godebehn zurück. Anfang der dreißiger Jahre wurde sie ausgebildet als Mamsell auf dem Gut derer von Örtzen in Briggow, ganz in der Nähe von Godebehn.

Danach war sie als Köchin für kurze Zeit in einer Bäckerei in Wildberg tätig. Sie konnte dann, auf Bestreben Erwin seines Großvaters auf dem Gut in Godebehn wieder Mamsell sein. Nebenbei half sie von klein an immer in der Fischerei ihres Vaters mit, die er bis 1949 betrieb.

Erwin sein Vater, Paul Rohde wurde geboren am 11. Mai 1909 in Schneidemühl, einem kleinen hinterpommerschen Dorf, das ein Vorwerk des Gutes derer von Flügge in Groß Halle war. Als gelernter Schlachter kam er mit 19 Jahren nach Mecklenburg und nach mehreren Stationen in der Landwirtschaft 1937 nach Godebehn. Hier lernte Erwin sein Vater die künftige Mutter von Erwin kennen.

Er hatte auf den damaligen Gütern so ziemlich alle Arbeiten kennengelernt und verrichtet. Vom Gespannführer bis zum Melker (Schweizer) war er universell einsetzbar. 1939 heiratete er Erwin seine Mutter und wechselte mit der Familie zum Gut, derer von Flügge, nach Groß Halle. Hier übernahm er die Viehställe im Vorwerk Ludershof mit 60 Milchkühen und dem entsprechenden Jungvieh. Mit drei Melkerinnen und einem Helfer war das sicher viel Arbeit.

Nach dem Krieg, also 1945, kam er auf Bestreben des Großvaters mütterlicherseits nach Godebehn zurück. Bis zur Bodenreform im September 1949 wurde das Land noch frei genutzt, und ging danach in den Besitz der sogenannten Neubauern über. Zur Erinnerung: In der sogenannten sowjetischen Besatzungszone wurden alle Güter von Großbauern, die mehr als 100 ha Grundbesitz besaßen, enteignet; außerdem grundsätzlich alle Besitzer mit Nazivergangenheit. Ein großer Teil dieser Liegenschaften wurde dann mit den Neubauern besiedelt. Erwin sein Vater bekam somit nur noch 40 Morgen Ackerland, etwa 5 Morgen Wiese und einige Morgen Wald.

Da er ein sehr aufgeschlossener und auch ein sehr erfahrener Mann war, wurde er auf Befehl der Kreisverwaltung von den Bürgern von Godebehn zum Bürgermeister bestimmt. Dies hatte später für die Familie weitreichende Folgen. Nicht nur dass er zu oft für die Gemeinde unterwegs war, er musste auch schmerzliche Erfahrungen sammeln.

Wie in der Westzone, so auch in der sogenannten Sowjetischen Besatzungszone mussten viele Flüchtlinge in der Gemeinde untergebracht werden. Dies ging nicht immer ohne Ärger und Verdruss vonstatten:

In der Schule hatte sich im April 1945 in der Zeit, in der sogar Menschen aus der Nachbarschaft flüchteten, eine Familie aus Danzig, eingenistet. Die einheimischen Bürger waren aber oft nach einigen Wochen wieder zurückgekommen, und ihre Wohnungen waren dann manchmal schon von Flüchtlingen belegt. Diese Situation ließ sich aber regeln, da im Gutsschloss reichlich Platz vorhanden war.

Bei der Schule war eine andere Lage entstanden. Als im Spätsommer 1945 der Schulbetrieb wieder aufgenommen werden sollte, die Schule von der Danziger Familie noch immer belegt war, musste eine Zwangsräumung angeordnet werden. Der Dorfpolizist Herr Meinke, Vater Rohde und sein Gemeindesekretär Herr Voss, ein pensionierter, preußischer Gendarm, machten sich auf den Weg zu der Amtshandlung, eben diese Schule zu räumen. Das Anklopfen wurde aber von den nicht rechtmäßigen Anwohnern ignoriert.

Es musste also zur Tat geschritten werden. Erwin sein Vater sagte zu dem Polizisten: „Nun, Herr Meinke, tun sie Ihre Pflicht!". Der aber hatte in seinem Polizistenleben auch so seine Erfahrungen gesammelt. Er lehnte ab. Es wurde weiter beratschlagt. Was nun? Bis Alt-Gendarm Voss zu Erwin seinem Vater sagte „Na Rohde, jetzt mößt du ran!"

Vater Rohde, der im Russlandfeldzug viel Schlimmes erlebt hatte, sah dies wohl als eine einfache Aufgabe an. Da er ein Mann der Tat war, nahm er den mitgebrachten Ziegenfuß und brach die Tür auf. So wie er in den Flur eintrat, sauste eine gusseiserne Bratpfanne auf seinen Kopf. *Un dor leg hei nu bewusstlos up 'n Bodden.* Er, der so viel im letzten Krieg erlebt hatte, wurde hier nun von einer Frau außer Gefecht gesetzt! Viele Jahre hat ihn dies noch verfolgt, und er wurde oft deswegen gefoppt.

Der Familie hat dies alles nichts genutzt, sie musste das Haus nun doch verlassen. Die Frau kam einige Tage ins Gefängnis und hatte Glück, nicht noch mehr Unannehmlichkeiten bekommen zu haben.

Erwin sein Lebensanfang war am 23. Dezember 1940 im kleinen Dorf Ludershof mit damals 40 Einwohnern; mitten in Mecklenburg zwischen Waren und Altentreptow gelegen. Dieser Tag vor Heiligabend war ein äußerst kalter Wintertag, gefühlte minus 20 Grad. – Eine Hausgeburt! Geht es noch schlimmer? Ja:

Der Vater im Krieg; kriegsbedingte medizinische Mangelversorgung, die Hebamme musste mit einem Pferdefuhrwerk geholt werden. Das Zuhause, ein kleines Tagelöhnerreihenhaus mit vier Parteien und einem holzbeheizten Küchenherd, in der Stube ein Kachelofen. Alles sehr beengt – und nun noch die Geburt!

Gott sei Dank war Erwin seine Tante, Frau Lucie Buchert (Vater seine Schwester), aus Berlin angereist. Von ihr kam später immer der Satz, wenn das Gespräch auf die Geburt kam „Erwin, du warst so klein und es war so fürchterlich kalt. Wegen der kalten Hände mochten wir dich gar nicht anfassen!". Und Erwin seine Schwester Helga, die nur ein Jahr älter war als er, musste ja auch noch versorgt werden. Mit gemeinsamer Hilfe, auch der Nachbarin Frau Dietrich, wurde Erwin so auf die Welt gebracht.

In der der damaligen Zeit waren es also Frauen, die die Familien zusammenhielten und versorgten. HOCHACHTUNG! Ein Sozialamt gab es ja noch nicht, Beihilfen auch nicht. Alle waren Selbstversorger, alle auf das angewiesen, was der Garten und das Gut derer von Flügge in Groß Halle hergab. Alle Beschäftigten des Gutes konnten noch einen Morgen Land (2.500 m^2) in Anspruch nehmen, um sich ein Schwein, Geflügel oder eine Ziege zu halten. Hier soll mal erwähnt werden, dass die Gutsbesitzerfamilie von Flügge sehr um ihre Beschäftigten besorgt war. So hat Frau von Flügge den Familien, deren Väter im Krieg waren, wöchentlich einen Besuch abgestattet. Familien, deren Vater gefallen war, durften auf dem Gut bleiben. So etwas taten nicht alle Gutsbesitzer!

Weil Erwin sein Vater wegen des Kriegseinsatzes fehlte, übernahm Erwin seine Mutter mit einigen Frauen die Aufgaben des Schlachters. Man muss sich das mal vorstellen: die Mutter wog etwa 100 Pfund und schlachtete 300 bis 400 Pfund schwere Schweine zusammen mit den Frauen. Alles in Handarbeitet, elektrische Maschinen gab es nicht.

Erwin sein Vater wurde dann im Spätsommer 1944 auf der Krim schwer verwundet; Armgelenk des rechten Armes durchschossen, Heimatschuss! Notdürftig versorgt und in einem Güterzug über Rumänien bis Graz gekarrt, dann ins Lazarett nach Neubrandenburg.

Ich, also der Erwin, erlebte im April 1945 einen Luftangriff der Engländer auf unserer Flucht vor den Russen nach Sternberg und bekam dabei zum ersten Mal fünf tote Menschen zu sehen. Sie waren wenige Minuten zuvor noch im Treck mitgegangen. Einige Fluchttage später musste ich dann erleben, dass sich die von-Flügge-Familie auf ihrem Gut das Leben genommen hatte. Die Russen hatten danach die Gruft und die Särge aufgebrochen. Und den Anblick der geplünderten Leichen habe ich bis heute nicht vergessen können.Die Ludershofer Zeit: Meine ersten Kindheitsjahre waren, soweit ich mich erinnern kann, trotz allem auch mit vielen schönen Erlebnissen und Freiheiten verbunden, die man in der damaligen Zeit nur auf dem Lande erleben konnte. Die Eltern der Dorfkinder hatten viele Sorgen und noch mehr Arbeit, so dass für die Kinder viel Freiraum blieb.

Obwohl die einheimischen Kinder genug zu essen hatten, waren sie mit den Flüchtlingskindern auf Nahrungssuche unterwegs. Mit Fallen an den Strohmieten Vögel fangen, egal ob Spatzen, Singvögel oder auch junge Krähen oder Tauben geräubert, alles wurde gefangen und verzehrt. Sehr einfach die Zubereitung: Tiere ausgenommen, gesäubert, ein Holunderzweig in die Erde gerammt, Stroh oder Heu darunter und angezündet. Die Tiere, auch Fische, wurden vorher einfach an den Zweig gehängt, fertig! Im Sommer wurde alles, was die freie Natur hergab, genutzt.

Wir lernten viel für unser Leben, auch dass man mit wenig auskommen kann. Die wertvollste Erfahrung aber war die Gemeinschaft untereinander.

Im Frühjahr 1947 fing für mich ein ganz neues Leben an: die Schulzeit in der Grundschule Godebehn. Ich wollte meine Freiheiten, den Hof, den Abenteuerspielplatz Stellmacherei meines Großvaters und den treuen Hund Loni nicht mit der Schule eintauschen, und hochdeutsch konnte ich auch nicht! Ein Trost für mich war, Loni brachte mich morgens immer zur Schule und holte mich mittags wieder ab. Die Leute im Dorf wunderten sich immer über die Zuverlässigkeit des Hundes, der mich immer pünktlich bei Schulschluss abholte.

Acht Klassen in einem Raum, eine Lehrerin und mehr als 50 Schüler. Frau Karger war verständlicherweise oft überfordert. Hilfe hatte sie nur von den älteren Schülern, die sie unterstützten, wenn sie sich mit den einzelnen unteren Klassen beschäftigte. Umgekehrt, wenn die älteren Schüler dran waren, bekamen die Kleinen Aufgaben, wie Lesen und Schreiben aufgetragen.

Hinzu kam: In der Schule waren auch Schüler, die der Kriegsfolgen wegen mehrmals einige Klassen wiederholen mussten. Es kam auch vor, dass Schüler nach acht Jahren Schule aus der zweiten Klasse entlassen wurden.

Mit gutem Zeugnis aus der Grundschule kam ich dann 1951 zur Zentralschule nach Klein Halle. Eine neue Erfahrung für die nun Fünftklässler: sie mussten die dreieinhalb Kilometer zur Schule nun zu Fuß gehen. Neu für mich und meine Mitschüler war, dass Montagmorgens die ganze Schülerschar erst zum Dorfeingang marschieren musste und dort eine DDR Fahne hissen. Für uns ein Unding! Wir kamen oft zu spät zu dieser Pflichtveranstaltung und wurden dafür jedes Mal vor allen anderen Schülern scharf gerügt.

Trotzdem: der Zusammenhalt der Kinder im Dorf untereinander hat mich für mein ganzes Leben geprägt. Keiner war allein, jeder gehörte immer zu irgendeiner Gruppe. Gerne bin ich zur Schule gegangen, aber nach dem Abschluss der 8. Klasse fing auch für mich ein ganz neuer Lebensabschnitt an.

Meine Eltern hatten für mich eine passende Lehrstelle gesucht, nur in der damaligen sowjetischen Besatzungszone gab es die auf dem Lande nicht. Ich durfte nur einen landwirtschaftlichen Beruf erlernen. Schüler, die aus der Landwirtschaft kamen, konnten in dieser Zeit keine anderen Berufe erlernen. Somit blieb für mich nur erstmal der elterliche Hof die einzige Wahl, denn in der Zwischenzeit hatte mein Onkel, der auch eine Neubauernstelle im Ort betrieb, diese aus gesundheitlichen Gründen aufgeben müssen.

Diese Bauernstelle wurde von meinem Vater dann übernommen. Somit war noch mehr Arbeit auf dem Hof zu verrichten. Um das *Pflichtsoll* zu umgehen – das kam noch hinzu – hatte mein Vater mit dem Vermehrungskartoffelanbau angefangen.

Der Betrieb lief gut, jedoch war trotz Vaters Organisationstalent die Arbeit kaum zu schaffen. Nach einiger Zeit kam mir der Verdacht, er wollte für mich gar keine Lehrstelle finden! Ich bestand nun darauf, alle Führerscheine zu machen, um wenigstens eine bessere Perspektive zu haben.

Ab 1958 kam dann die für viele Neubauern in Godebehn die unheilvolle, mit hohem Druck vom Staat ausgeführte Zwangskollektivierung zur Landwirtschaftlichen Genossenschaft (LPG). Für meine Familie, die mit viel Arbeit und Herzblut den Hof aufgebaut hatte, war die Vorstellung undenkbar, nun Genossenschaftsbauern zu werden.

Da beschloss die Familie „wir verlassen die DDR!"

Aber das ist nun eine andere Geschichte, die beim nächsten Buch vielleicht fortgesetzt werden kann.

Manfred Radke

Wölfe im Wesertal

In Sagen und Erzählungen des Oldendorfer Wesertals, an die sich manche heute noch erinnern, steht er häufig im Mittelpunkt, der geheimnisvolle, blutdürstige Wolf.

In allen Geschichten ist der Wolf das sagenumwobene, mordlustige Untier. So wird der ängstliche, schmächtige Schneidergeselle aus Zersen in der Nacht nach Weihnachten auf seinem Wege über den Hohenstein in das auf der anderen Seite des Süntels gelegene Beber vom großen Wolf verfolgt und zerrissen. Nur Musik war dem vierbeinigen Mordgesellen offensichtlich zuwider: Der Musikant, der nachts bei der Rückkehr von der Tanzmusik vom Wege abirrte und in eine Wolfsgrube fiel, konnte den schon vor ihm in die Grube gestürzten Wolf nur durch sein ununterbrochenes Spiel abwehren.

Viel Glück hatte auch eine arme Frau aus Rumbeck. Als in dem Weserdorf die Wolfsplage überhandnahm, legte man auch hier Wolfsgruben an. Man schaufelte tiefe Erdgruben, überdeckte diese mit Reisig und band einen lebenden Köder für den erwarteten Wolf darauf. Als Köder kaufte man von einer armen Frau eine Gans. „Schade um den leckeren Braten", dachte diese Freundin einer leckeren Gänsebrust, und ging in der Abenddämmerung zur Wolfsgrube, um die Gans wieder zu holen.

Als die Rumbeckerin aber die um sich schlagende Gans losbinden wollte, kam sie zu weit auf das dünne Reisig und brach mitsamt der Gans ein. Es dauerte nicht lange, da kam, angelockt durch das ängstliche Schnattern der Gans, auch der Wolf herbei, der ebenfalls in die Grube stürzte und sofort die fette Gans verzehrte. Der vor Angst aber zitternden Frau tat er nichts, da er wohl schon satt war. Am andern Morgen kamen die Bauern aus Rumbeck, um zu sehen, ob sie einen Fang getan hätten. Sie trauten ihren Augen kaum, als sie die Frau und einen Wolf fanden. Die Gänsezüchterin rettete man unversehrt aus der Grube, den Wolf aber schlugen die Rumbecker tot.

Zahlreiche Oldendorfer Flurnamen bestätigen das Vorkommen des Wolfes im Wesertal. So gibt es die „Wolfsbreite" bei Kleinenwieden, die Flur „Im Wolfstale" bei Krückeberg, „Auf der Wulfershelle" bei Rohden, „In den Wolfssieken" bei Höfingen, „Auf'm Wolfshagen" bei Fuhlen, „Wolfslager" bei Wahrendahl und die „Wolfsschlucht" unter der Paschenburg. Auch die unheimlichen Sagen vom „Böxenwulf" – in anderen Landschaften Werwolf genannt – sind eigentlich nur ein raues Spiel mit der im Volk verbreiteten Furcht vor dem Wolfe.

Bis zum Dreißigjährigen Krieg konnte man der Wolfsplage mit Gruben und Fangnetzen noch Herr werden, wobei Gemeinschaftsaktionen einzelner Dorfgemeinschaften allerdings Voraussetzung waren. Diese zerfielen durch den langen Krieg zusehends und die Wölfe wurden zur gefährlichen Landplage. Nach dem Kriege übernahm die Landesherrschaft die Bekämpfung der heulenden Grauen. Als das Fallenstellen keine ausreichende Wirkung mehr zeigte, wurden großangelegte Wolfsjagden veranstaltet. Allein im strengen Winter 1645/46 mussten Oldendorfer Bürger sechsmal an Wolfsjagden in den benachbarten Wäldern teilnehmen.

Eine besonders hohe Prämie von 5 Reichstalern – 1 Reichstaler war der Wochenverdienst eines Handwerksgesellen – erhielt 1638 der gräfliche Wildschütz Claus von der Revierförsterei Zersen, der am Hohenstein einen besonders gefürchteten Räuber erlegte. Es ist sehr wahrscheinlich, dass dieser Wolf in den Sagen und Geschichten als der gefährliche „große Hund vom Hohenstein" mit den glühenden Augen fortlebt. Noch mein Großvater ließ sich nicht davon abbringen, diesem „Hund" mit glühenden Augen und einer klirrenden Kette um den Hals auf dem Rückweg von Bakede nach Oldendorf am Hohenstein begegnet zu sein.

Bis zum 18. Jahrhundert noch mussten die Bauernhöfe das sogenannte Wolfsfanggeld zur Deckung der Fangkosten an das Rentamt der Grafen von Schaumburg entrichten.

Bernd Stegemann

Die „Hintere Straße"

Wie und warum sie ihren Namen einbüßte

Lebte da um die Jahrhundertwende in Hessisch Oldendorf der Schuhmachermeister K. auf der Hinteren Straße, die im Volksmund sehr zum Verdruss des Stadtrates nur „Hinternstraße" genannt wurde.

Eines Tages kommt nun zu K. ein biederes Bäuerlein aus dem „Achterbargischen", dem Auetal. Ein Paar neue Schuhe sind bald angemessen. Und es wird noch dies und das erzählt.

Beim Hinausgehen sagt der Bauer dann so beiläufig:

„Jo, eck wol niu na'n Grensing un meck 'n Tahn teien loten."

„Och", meint K., „weis mol her! Wecke dait denn weih?"

„Düsse!"

„Den kann eck deck ol teien, da briukst diu nich na Willem Grensing gahn! Sett deck man da upn Schausterschemel!"

Der Bauer folgt der Aufforderung. Der Meister tuschelt mit dem Schusterjungen, der kniet sich unauffällig hinter den Schemel, dessen Sitzbrett in der Mitte ein Loch hat.

„Soau", sagt K., „niu mak dat Miul weit up!" Er nimmt seine Schusterzange, reißt den Zahn heraus. In dem Augenblick sticht der Schusterjunge mit der Schusterahle dem Bauern in die Verlängerung des Rückens. Der Bauer springt auf und ruft:

„Dunnerwär, dat här eck doch nich glowt, dat de Tahn so'ne lange Wordel hat här."

Dem Stadtrat mochte wohl die verbreitete volkstümliche Bezeichnung „Hinternstraße" genau so wenig gefallen wie der dörfliche Name „Hintere Straße". So einigte man sich darauf, den Straßennamen „Paulstraße", der ursprünglich aber nur für das kurze Stück zwischen Wall- und Mittelstraße galt, für die gesamte nördlich des Stadtwalls verlaufende Straße zu wählen.

Um im Bild der Anekdote zu bleiben: sinngemäß ist der gewisse Körperteil ja auch eine Verlängerung des Rückens und die Paulstraße die Verlängerung der Hinteren Straße.

Bernd Stegemann

Aus dem Leben eines Berufskraftfahrers

Es war einer dieser trüben Spätherbsttage im Jahr 1969 die mir manchmal ins Gemüt gehen, einen nachdenklich machen und auch träumen lassen. Obwohl in meinem Beruf diese Mentalität weniger vorhanden sein sollte, es aber in der tägliche Routine doch mal passiert. Wir fuhren zu der Zeit zweimal täglich Schotter von dem Steinbruch Segelhorst/Langenfeld zu den damaligen Flugzeugwerken Finkenwerder – Hamburg. Dort sollten neue Hallen gebaut werden, die als Unterbau wegen des Schwemmgebietes der Elbe 50-60 cm Schottersteine benötigten. Diese Hallen wurden für den Neubau des Militärflugzeuges *Trans All* dringend gebraucht, die zum großenteils hier gefertigt wurden.

So fuhr ich auch an einem frühen Montagmorgen im November 1969 mit besagter Schotterladung nach Hamburg. Alles sah nach einem ganz normalen Tagesablauf aus, nur das Schicksal meinte es an diesem Tag doch anders. Damals fuhren montags viele LKW einer Nürnberger Spedition Maschinen und Maschinenteile regelmäßig in den Freihafen Hamburg. Eines dieser Fahrzeuge hatte ich von Hannover ab nun auf der A 7 vor mir. Es ging gemütlich und ohne Hektik, so wie es in den 60 er Jahren noch auf der Autobahn zuging, in Richtung Hamburg. Nichts ahnend näherten wir uns der Autobahnabfahrt Rammelsloh.

Hinter der Abfahrt war es dann soweit! Ein dänischer Lastwagen, der von Hamburg auf der A 7 nach Süden unterwegs war, durchbrach die Mittel-Leitplanke und fuhr direkt auf den mir vorausfahrenden Kollegen aus Nürnberg frontal auf. Gerade noch rechtzeitig konnte ich meinen Stein-Laster zum Stehen bringen ohne aufzufahren.

Der Nürnberger Kollege war in dem völlig demolierten Fahrerhaus eingeklemmt, sein linkes Bein bis zur Hüfte zertrümmert. Aus der Aorta, die völlig frei lag, strömte bei jedem Herzschlag das Blut heraus. Was tun? – Natürlich helfen, aber wie? Auf gleicher Höhe des noch heute bestehenden Parkplatzes, wo der Unfall geschehen war, stand zufällig die Besatzung der Autobahnpolizei. Der eine Beamte sicherte die Unfallstelle, der andere und ich versuchten mit dem Erste-Hilfe-Gurt die Ader abzubinden. Es gelang nicht; aber mit dem, von mir immer im Werkzeugkasten mitgeführten, 1,5 mm Stromkabel konnten wir sein Bein abbinden und die Blutung zum Stillstand bringen.

Da der eine Polizeibeamte völlig überfordert war – er hatte sich schon an der Bankette erbrochen – war nur der andere Beamte zum Helfen fähig, der mit mir dann die Erstversorgung vornahm. Nun kamen wir zu einem gemeinsamen Entschluss: das Bein, welches nur noch an den Sehnen hing, musste ab, um den Verletzten überhaupt bergen zu können. Auch dieser Beamte übergab sich dann, konnte mir dann aber wieder helfen. Er meinte: „Ich kann das nicht, mach' du es"! So schnitt ich die Sehnen durch und wir begannen den Kollegen so vorsichtig wie möglich aus dem zertrümmerten Fahrerhaus zu bergen. In diesem Moment sagte der Schwerverletzte mit ganz ruhiger Stimme zu uns „Haut ab, habt ihr nicht gesehen, was der andere LKW für Ladung hat"? Er hatte wohl durch die Wirkung des Schocks keine Schmerzen und war die ganze Zeit bei vollem Bewusstsein, nur hatten wir es nicht bemerkt. So hatte dieser Unglücksrabe schon vor uns erkannt, welche hochexplosive Ladung die Dänen geladen hatten: Sie bestand aus Farben und zum großen Teil aus Nitro-Verdünnung. Würde nur eine glühende Zigarettenkippe unachtsam auf die Fahrbahn gelangen, wäre die beschädigte, weit zerstreute Ladung sicherlich explodiert und wir alle wären schwer verletzt worden.

Mittlerweile war der Krankenwagen eingetroffen, und bevor er wegfuhr, kam der Sanitäter zu mir: „Dein Kollege möchte dich sprechen!" Er hatte anscheinend immer noch keine Schmerzen und bedankte sich bei mir „Ohne dich hätte ich das wohl nicht überlebt!" Diese in dieser Situation mit einer so stoischen Ruhe hervor gebrachten Bemerkung – das können wohl nur Bayern. Es hat mich dann doch noch umgehauen, ich musste nun auch noch zur Bankette.

Nur zur allgemeinen Information: Das Rettungswesen war Ende der 60 er Jahre noch nicht so ausgeprägt wie es heute üblich ist. Die Gaffer waren nicht so zahlreich und nicht aufdringlich, Handys gab es auch keine. Es galt die Regel: helfen zu *wollen*; und wenn, wie oben beschrieben, auch selbst in der jeweiligen Situation schnell zu entscheiden. Zum Unfall zurück: Nachdem die dänischen Fahrer abgeholt waren – Zwillingsbrüder, die beide den Unfall nicht überlebt hatten – stellte sich dann heraus, dass der Fahrer übermüdet gewesen war.

Nach einigen Monaten bekam ich völlig überraschend Post von meinem Fahrer-Kollegen aus Bayern. Das Schicksal hatte es doch gut mit ihm gemeint. Er hatte überlebt, und man machte ihm Hoffnung, dass er wieder laufen können würde. Mir war das irgendwie peinlich: er bedankte sich, obwohl ich ihm das Bein abgeschnitten hatte! Weiter stand im Brief, dass ihm nicht nur von den Ärzten geholfen wurde, sondern dass er auch in seiner Familie großen Beistand gehabt hätte.

Wiederrum einige Monate später kam nochmals ein Brief von ihm und er berichtete voller Stolz, die ersten Schritte mit einer sogenannten Hüftprothese gegangen zu sein. Hierbei wird das künstliche Bein an ein Beckenkorsett befestigt. Hatte hier wohl der Herrgott seine Hand über ihn gehalten; so meine damaligen Gedanken.

Oft bin ich in Laufe der vielen Berufsjahre noch an dieser Stelle vorbeigekommen und hatte immer wieder diese Bilder vor Augen. Während meiner 40 jährigen Tätigkeit bin ich einige Male in ähnlichen Situationen gewesen, und habe mich dann immer gefragt, wieso trifft es gerade diese Menschen, mich hätte es doch genauso treffen können. Für mich ist das immer ein Grund, nach oben zu schauen und ‚Dankeschön‘ zu sagen.

Da wir an mehreren Tagen nach Finkenwerder zu den Flugzeugwerken fuhren, noch eine interessante Begebenheit: Wir standen eines Morgens vor dem Betriebstor und durften ebenso wie die Betriebsangehörigen den Betrieb nicht betreten. Die Erklärung: Das Werk hatte eine eigene Start- und Landebahn, die in erster Linie für die Trans-All Flugzeuge konzipiert, also entsprechend kurz war.

Hier hatte nun in der zurückliegenden Nacht ein Pilot der spanischen *Spantax* zu landen versucht, weil er Finkenwerder mit dem Flughafen Fuhlsbüttel verwechselte. Zum Glück herrschte Ebbe und er konnte durchstarten. Bei Flut wäre das nicht möglich gewesen.

Manfred Radke

Martinsabend –

oder wie Halloween alte Bräuche verdorben hat.

Längst ist die Zeit vorüber, als wir Kinder auf dem Acker noch die schrecklich heißen, außen verkohlten Kartoffeln aus dem Kartoffelkrautfeuer holten, sie mit klammen Fingern, die schwarze Kruste aufbrechend, vorsichtig verschlangen, ohne uns den Mund zu verbrennen, ohne Salz oder Butter und ohne Messer und Gabel, aber mit Händen, die denen der Schornsteinfeger in der Farbgebung sehr ähnelten. – Das war jedes Jahr unser erstes Herbstvergnügen.

Danach begann die Runkelrübenernte, die nur bedingt spaßig für uns war, denn das Hochwerfen auf den weiterfahrenden Erntewagen ließ wirklich keine Freude aufkommen. Belohnt wurde diese Hilfe auch nicht. Heute wäre das eine verbotene Kinderarbeit. – Also kein Herbstvergnügen, aber:

Weil es zu dieser Jahreszeit nun immer schneller dunkel wurde und es auch noch keine Straßenbeleuchtung gab, war das der Anlass, sich für eine selbstgebastelte Leuchte Stearinkerzen zu besorgen. Lampions wären als Lichtspender gut geeignet gewesen, kosteten aber Geld. Eine Taschenlampe? Undenkbar, sprengte nur das Taschengeldbudget!

Man suchte sich deshalb auf den Rübenäckern die größte Runkel, höhlte sie mit einem Küchenmesser von oben her aus, schnitzte Augen, Nase und Mund hinein und – bestückt mit dem Stummel einer Kerze – war die Lampe fertig. Und wir hatten unseren herbstlichen Bastelspaß!

Die Experten unter den Schnitzern wussten selbstverständlich, dass als Werkstoff zur Lampenherstellung sich nicht die kleinere, spitze Zuckerrübe eignet, sondern immer nur eine ovale (Gemeine) Runkelrübe. Diese wurde normalerweise zusammen mit gehäckseltem Stroh hauptsächlich an das Vieh und Schweine verfüttert.

Man trug sie auf Händen vor sich her; ein Licht, das den Weg gut beleuchtet hätte, gaben sie aber nicht ab. Mit den größeren Kürbissen aus dem Garten wären daraus wohl bessere Lampen geworden; sie standen natürlich unter der Obhut der Mütter und waren deshalb tabu. Heute wird das Vieh mit importiertem Sojaschrot gefüttert; das Runkellampenschnitzen wurde dem Zeitgeist geopfert. Und dieses Herbstvergnügen ebenfalls.

In die lichtarme Zeit fällt auch der Brauch des Martinsabend-Singens im Dorf: Wir Kinder zogen von Haus zu Haus, stellten uns vor dem Hausflur auf, sangen das Lied

Martinsabend ist heut' Abend

Barkser Platt:	**Übersetzung:**
Martinsomt is vanomt,	Martinsabend ist heut' Abend,
klingelt uppa Büssen.	klingelt auf der Büchse.
Leiwe Friu, jiw ösch watt,	Liebe Frau, gib uns was,
lott ösch nich seo lange stohn,	lass uns nicht so lange stehn,
wui mö´t noch no Kölle john.	wir müssen noch nach Kölle gehn.
Kölle is ne greote Stadt,	Köln ist eine große Stadt,
doa kroijet alle Kinner wat.	da kriegen alle Kinder was.
Eck heuer 'n Schlödel klimpern,	Ich hör' den Schlüssel klimpern,
eck heuer 'n Schlödel klappern.	ich hör' den Schlüssel klappern.
Eck gleuv eck kroije 'n Appel.	Ich glaub', ich kriege 'n Apfel

Und wenn die Frau nichts in den Leinensack tat:

Witten Twern, schwaaten Twern,	Weißer Zwirn, schwarzer Zwirn
eole Hexe jivt nich jern!	alte Hexe gibt nicht gern!

Die Hausfrauen kamen dann mit einem Korb auf die Diele und füllten Äpfel und Nüsse in unsere Leinenbeutel; manche sogar schon ein oder zwei Sahnebonbons, oder ein *Nappo*. Sie waren schon in Papier eingewickelt – und wegen der praktischen Transportverpackung natürlich sehr begehrt!
Straßenlaternen erhellten bald den Martinsabendweg und die Menge der geschenkten Sahnebonbons vergrößerte sich. Eine Vielfalt an

84

Süßigkeiten verdrängte Äpfel und Nüsse, das spätherbstliche Vergnügen erhielt eine neue Qualität.

Die irische Tradition des Halloween am 1. November (zu Allerheiligen – ähnlich der Walpurgisnacht zum 1. Mai) kannte man noch nicht. Sie wurde nach 1845 von irischen Auswanderern nach Nordamerika mitgebracht und im 20. Jahrhundert marktgerecht umgestaltet. Und plötzlich, nach dem Zweiten Golfkrieg (ausgelöst durch die irakische Besitzergreifung der kuwaitischen Ölquellen im August 1990), schwappte der Brauch anstelle der ausgefallenen Karnevalssaison im Jahr darauf auch auf unser Land über.

Welche Folgen das hatte, kann bei den Discountern gut beobachtet werden: Der Verkauf von sonderbaren Dracula-Utensilien wie Hexenkostüme, Skelette oder Gummibären in Fledermausform hat einen neuen, profitablen Wirtschaftszweig entstehen lassen. Auch die Kürbisse aus Mutters Garten werden nun gewerblich in großer Menge angebaut und ermöglichen vielleicht Amateurbildhauern Beleuchtungskörper der besonderen Art zu schaffen. Die Tradition aus den Notzeiten des Heiligen St. Martin ist nahezu ausgestorben.

Bei uns, im Dorfe jedoch, gehen die Kinder noch in jedem Jahr am Martinsabend auf gut beleuchteten Straßen umher und singen vor den Haustüren dasselbe Lied wie wir vor über 60 Jahren. Aber zum Einsammeln der vielen süßen Sachen verwenden sie nun meist bunte Plastiktüten.

Und hin und wieder bekommen sie von einem kauzigen Spender statt Süßigkeiten wieder Walnüsse und einen nicht marktfähigen Apfel aus eigener Ernte, von einem alten Hochstamm-Baum, der einen seltsamen Namen hat: „Kaiser Wilhelm". Bei der Gelegenheit erzählt er ihnen davon, wie es früher einmal war, das letzte herbstliche Vergnügen vor der Advents- und Weihnachtszeit.

Ferdinand Alms

Schnipp, schnapp – da waren sie ab

Als junges Mädchen hatte ich die schönsten Haare, die man sich nur wünschen kann. Eine Schillerlocke neben der anderen legte sich ringsum meinen Kopf. Natürlich machten die Haare auch viel Arbeit. Einmal in der Woche waschen und jeden Morgen das Kämmen, was meine Mutter ausführen und ich erdulden musste.

Damals, als ich 9 Jahr alt war, ging ich als Katholikin zum Kommunionsunterricht. Schon einige Zeit davor drohte sie mir jeden Morgen an, dass die Haare nach dem Kommunionsfest abgeschnitten würden. Kein Tag verging mehr ohne Tränen, denn ich war immer ganz stolz auf meine Haare.

Das Fest war kaum vorbei und nach einigen Tagen mit viel Geschrei, nahm meine Mutter die Schere, und eins, zwei, drei…. So schnell konnte ich gar nicht gucken, da hatte meine Mutter die abgeschnittenen Haare schon in der Hand.

Ich schrie und heulte über diese Gewalttat an meinem Kopf, verkroch mich in eine Ecke. Als mein Vater nach Hause kam, lief ich ihm tränenüberströmt entgegen und erzählte, was passiert war. Er schimpfte gleich los, „was hast du mit deinen schönen Haaren gemacht?" Es gab einen fürchterlichen Streit zwischen meinen Eltern. Meine Mutter schrie: „Du musstest ja nicht jeden Morgen das Theater beim Kämmen miterleben!"

Zur Schule ging ich am nächsten Tag nicht, da meine Haare so schrecklich aussahen. Meine Mutter nahm mich darauf hin an die Hand und zerrte mich zum Friseur. Ich fühlte mich danach schon ein wenig besser. Schließlich hatte ich jetzt einen ordentlichen Schnitt und wollte wieder in die Schule gehen.

Natürlich fragten meine Mitschüler, ebenso wie die Lehrer, warum ich meine schöne Haarpracht abgeschnitten hatte. Unter Tränen erzählte ich ihnen, was der Grund dafür war.

Alles normalisierte sich mit der Zeit wieder, aber ich brauchte sehr lange, bis ich den Verlust meiner schönen Locken überwunden hatte.

Was mir von dem Ereignis blieb, war nur das Kommunionsfoto. Und das habe ich bis heute noch aufbewahrt.

Irene Wietbrock

Skotobend un Hinnerhand

Oh, wi jüggt dat wer!
Hüt Obend hefft wi Skotobend,
dor kummt min Kumpels her.
Dat mogt jümmer Spoß un Freud,
mol seihn wi dat löppt hüt Obend,
denn mannigmol deit een ok
Leid.
Denn ik weid nich,
sit ik mol in Hinnerhand,
is oft genoog de Düwel mang.

Na, nun geid dat los,
min Nober gift de Korten ut.
Sü, wat is denn dat, neegen Korten
bloß?
Man, mi ward all bang,
geid good hüt Obend, denn de is
jo noch lang.
De Nower gift noch mol de Korten,
dat geid bi us glatt ohne Worten.
De Hauptsach is et geid nu wieder
bied neeste Spill gift wohl
en Schnieder.

Denn ik weid nich,
sit ik mol in Hinnerhand,
is oft genoog de Düwel mang.

So, nun geid dat wedder los, dat
ward ok Tied.
Na, Na, wat speelt min Kumpel nun
vör een Korten rut?
Dor süßt dat al, hei speelt en Piek.
Is hei denn mall, dat höllst nich ut.
Piek, dor koom ik gornich ran,
ober min Kumpel, bestimmt, de
kann.
De Speeler kümmt ok rut mit
Piek Tein.

Skatabend und Hinterhand

Oh, wie juckt das wieder!
Heute Abend haben wir Skatabend,
da kommen meine Kumpel zu mir.
Das macht immer Spaß und Freude,
mal sehn wie das läuft heut Abend,
denn manchmal gibt es einem auch
Leid.
Denn ich weiß nicht,
sitze ich mal in der Hinterhand,
ist oft genug der Teufel dazwischen.

Na, nun geht das los,
mein Nachbar gibt die Karten aus.
Sieh, was ist denn das, neun Karten
bloß?
Mann, mir wird es bang`,
geht gut heut` Abend, denn der ist
ja noch lang.
Der Nachbar gibt erneut die Karten,
das geht bei uns glatt ohne Worte.
Hauptsache ist, es geht nun weiter
beim nächsten Spiel gibt`s wohl
ein` Schneider.

Denn ich weiß nicht,
sitze ich mal in der Hinterhand,
ist oft genug der Teufel dazwischen.

So, nun geht es wieder los, das
wurde Zeit auch.
Na, Na, was spielt mein Kumpel
nun für eine Karte aus?
Da siehst das nun, er spielt `n Piek.
Der ist so blöd, das hältst nicht aus.
Piek, da komm` ich gar nicht ran,
aber mein Kumpel, bestimmt, der
kann.
Der Spieler kommt auch raus mit
Piek Zehn,

Dat glöwst du nich, de führt uns up den Leim.	Das glaubst du nicht, der führt uns auf den Leim.
Na, min Mitspeeler, wat smitt hei, he hett doch woll en Buern in sine Reih?	Na, mein Mitspieler, was wirft er, er hat doch wohl ein'n Bauern in seiner Reih´?
Hei smitt Piek König un nu is ut mit miner Rauh.	Er wirft Piek König und jetzt ist's vorbei mit meiner Ruh`.
Dat geid so nich wedder, so up un tau.	Das geht so nicht weiter, so ab und zu.
Nee, nun kiek di dat mol an, de Speeler hett veer Jungs un speelt keen Gran?	Nein, nun sieh dir das mal an, der Spieler hat vier Buben und spielt keinen Gran?
Denn ik weid nich, sit ik mol in Hinnerhand, is oft genoog de Düwel mang.	Denn ich weiß nicht, sitze ich mal in der Hinterhand, ist oft genug der Teufel dazwischen.
Bien Skot wi ook im Leewen, et is jo nur een Neem un Gewen.	Beim Skat wie auch im Leben, ist es nur ein Nehmen und Geben.
Wat nützt di al dat Klogen mit aber un wenn, denn dor för gift di keener een Penn.	Was nützt dir das Klagen mit aber und wenn, denn dafür gibt dir keiner'n Penn.
Et is jo allens nur een Speel, mogst du dat, dann gift`s di veel.	Es ist ja alles nur ein Spiel, magst du es, dann gibt's dir viel.
En beeten simuleern gehürt dor tau, hest dat verstohn, hest ok din Rauh.	Ein bisschen simulieren gehört dazu, Kapierst du das, hast du auch deine Ruh`.
Sitzt du dann mol in Hinnerhand, un et löppt im Leewen wie im Skat, bliew ruhig, wat kümmert di denn dat.	Sitzt du dann in Hinterhand, und im Leben läuft es wie im Skat, bleib schön ruhig, wen kümmert das.
Du bist tofreden un segg den Herrgott veelen Dank, denn gesund un tofreden is ok schon allerhand.	Bist du zufrieden, sag du dem Herrgott vielen Dank, denn gesund und zufrieden sein ist auch schon allerhand!

Manfred Radke

Der Schock

oder wie ein kleines Tier einen großen Menschen ärgerte.

Der Schock erfolgte während der Garteninspektion nach unserem Urlaub. Eine Reihe von kleinen Erdhügeln aus feinstem, krümeligem Boden erhob sich über das satte Grün unseres Rasens. Offensichtlich hatte sich ein Maulwurf ausgerechnet unseren Garten als sein neues Zuhause auserkoren.

Aber Moment mal, wie war der Bursche in unseren Rasen gekommen? Vorne, hinten und rechts von unserem Grundstück ist eine Straße und links reicht das gepflasterte Nachbargrundstück bis an unseren Garten heran. Das Spekulieren begann. Hatte vielleicht unser Turmfalkenpärchen den Maulwurf im Flug über dem Garten verloren oder hatte ihn Nachbars' Katze angeschleppt um sich dafür zu rächen, dass wir sie verscheuchen wenn sie den Vögeln zu dicht auf den Pelz rückt? Beides hielten wir eher für unwahrscheinlich.

Früher war es auf dem Lande üblich Nachbarn mit denen man Streitereien hatte, lebend gefangene Maulwürfe in die Gärten zu setzen um sie zu ärgern oder sich ein klein wenig zu rächen für erlittene Ungerechtigkeiten oder Beleidigungen die beim Erntefest schon mal ausgesprochen wurden. Aber einen solchen Nachbarn haben wir nicht. Wir werden also trotz aller Spekulationen wohl niemals erfahren wie der Maulwurf in unseren Garten gekommen ist.

Jetzt aber ging es vielmehr darum, wie wir den ungebetenen Gast wieder loswerden konnten. Als erstes dachten wir natürlich an Mord mittels Gift. Der Plan wurde schnell wieder verworfen, weil der Talpa europaea, so wird der Maulwurf korrekt von den Zoologen genannt, natürlich unter Schutz steht. Auch unsere Kinder legten ihr Veto ein, erinnerten sie sich doch an die schönen Geschichten des Maulwurfs Grabowski, der tolle Abenteuer erlebte. Wir wurden ebenfalls darauf hingewiesen, dass Maulwürfe liebenswert wären mit ihrem dichten weichen Pelz und der niedlichen Schnauze, und außerdem ein Existenzrecht hätten.

Das wollten wir ja gar nicht bestreiten – aber ausgerechnet in unserem Garten? Wir mussten kompetenten Rat einholen. Aber wen fragen? Zufällig rief mich mein Cousin aus Kanada an. Ich schilderte ihm mein Problem. „Well, Cousin" sagte er, „auf meinem Grundstück habe ich Bären und Wölfe, und dafür habe ich meine Rifle. Sorry, aber da kann ich dir nicht helfen".

Dann taten wir das, was alle machen wenn sie Rat suchen. Der Computer wurde gestartet und ein Forum „Maulwürfe" gesucht in der Hoffnung, dass sich ein Maulwurfsflüsterer findet, der unsere Probleme lösen konnte. Bei der Durchsicht der Kommentare im Forum erschien es uns, als gäbe es viele Menschen die sich ausschließlich damit befassten, Maulwürfe aus Gärten zu vertreiben. Aber einige der Ratschläge waren anscheinend brauchbar, und wir wollten diese ausprobieren.

Aktion Nummer eins war Lärm. Maulwürfe sollen darauf sehr empfindlich reagieren. Also wurde täglich der Rasenmäher gestartet und das maulwurfkonterminierte Rasenstück damit befahren – natürlich in unregelmäßigen Zeitabständen, damit sich der Erdwerfer nicht an den Lärm gewöhnen konnte. Das Ergebnis war niederschmetternd. Jeden Morgen waren frische Maulwurfshaufen aufgeworfen und warteten darauf auseinander geharkt zu werden. Unser Exemplar schien einen Hörfehler zu haben.

Nach diesem Misserfolg riet uns ein anderer Maulwurfsforumvertreibungsprofi, Pfähle in die Maulwurfshaufen zu stecken und mit einem Hammer auf die Pfähle zu schlagen. Natürlich wegen der Gewöhnungsgefahr in unregelmäßigen Abständen; die Erschütterungen im Erdboden würden den Maulwurf garantiert vertreiben.

Gesagt - getan. Die Pfähle verschwanden durch das Hämmern immer tiefer in der Erde, aber unseren Zuwanderer hat das nicht weiter gestört. Des Nachts, wenn keine Hammerschläge durch das Erdreich wummerten, hat er munter weiter gearbeitet und schönste Erdhügel fabriziert. Nach einiger Zeit wurde auch dieser Versuch aufgegeben.

Auch der nächste Rat mit einer Plattschaufel die Haufen platt zu klopfen und dann, natürlich in unregelmäßigen Abständen, mit der Schaufel fest auf den Boden zu hauen, brachte nicht das gewünschte Ergebnis und wurde nach einiger Zeit aufgegeben.

Den Rat Benzin in die Gänge zu schütten und anzuzünden haben wir sofort verworfen. Das hatten wir im Dorf schon einmal, und es ist in einem Desaster geendet.

Jetzt, nachdem einige Wochen vergangen sind, haben wir beschlossen, uns mit dem neuen Gartenbewohner zu arrangieren. Morgens werden die Haufen aus feinkrümeliger Erde in einen Eimer geschaufelt und aufbewahrt für die nächste Pflanzperiode. So feine Balkonerde gibt es in keinem Baumarkt zu kaufen. Da der Maulwurf seine Aktivitäten nur auf ein begrenztes Gartenstück beschränkt, lassen wir ihn gewähren in der Hoffnung, dass seine natürliche Lebenszeit nicht ewig währt. Wir hoffen, dass er keinen Partner findet und eine Großfamilie bildet.

Dann könnten wir wohl nur noch unseren Garten verkaufen.

Jörg Künne

Was ich glaube

Jetzt bin ich fast 80 Jahre alt und habe seit langem genügend Zeit, über dieses Thema nachzudenken. Religionen haben mich schon immer interessiert. Würde mich jemand fragen, ob ich und woran ich glaube, hätte ich Schwierigkeiten, eine eindeutige Antwort zu geben. Das war bei mir schon immer so:

Ich habe keinen festen und beständigen Glauben, und manchmal beneide ich Menschen, die, wie sie es von sich behaupten, einen klaren und starken Glauben besitzen.

Ich bin getauftes Mitglied der evangelisch-lutherischen Kirche, zahle meine Kirchensteuern und besuche ab und zu die Gottesdienste meiner Gemeinde, und das nicht nur zu den großen Festtagen.
Ich kann mir nicht vorstellen, aus der Kirche auszutreten.

Es ist Zufall, dass ich evangelischer Christ bin. Es hängt davon ab, in welchem Kulturkreis ich geboren wurde. Es hätte auch sein können, dass ich Buddhist, Hindu oder sonst etwas wäre.

Jetzt zu meinen grundsätzlichen Überlegungen und dazu hole ich etwas weiter aus: Menschen können denken; aber wie denkt ein Mensch richtig?

Ich bin bei dem Philosophen René Descartes (1563-1640) fündig geworden. Seine Überlegungen: Der Mensch wird getäuscht, absichtlich oder unabsichtlich, durch andere oder auch durch sich selbst. Um zu einer wahren Erkenntnis zu kommen, sollte ein Mensch Informationen grundsätzlich infrage stellen. Erst durch Zweifeln an der Richtigkeit einer Behauptung kann er zu neuen Erkenntnissen gelangen.

Betrachten wir ein Beispiel aus unseren Tagen. Es wird behauptet: Muslime sind fanatische Terroristen, die die abendländische, christliche Kultur mit Terroranschlägen bekämpfen. Wenn ich diesem Vorurteil nicht folge, sondern darüber nachdenke und mich darüber informiere, ob diese Behauptung tatsächlich stimmt, werde ich schnell erkennen, dass sie so nicht richtig sein kann. Nicht jeder Angehöriger dieser Religion ist ein Terrorist. Menschen mit muslimischem Hintergrund leben in meiner Nachbarschaft und ich kenne sie seit vielen Jahren; sie als Terroristen zu bezeichnen wäre falsch.

Ein weiteres Beispiel ist die Bewegung PEGIDA e.V., die im Herbst 2014 entstand. Die Abkürzung besagt, wogegen die Anhänger stehen: „Patriotische Europäer gegen Islamisierung des Abendlandes". Zurzeit erlebt Europa einen Zustrom von überwiegend muslimischen Menschen aus Syrien, die vor Krieg, Hunger und Elend als Flüchtlinge ihre Heimat verlassen müssen. Rettung erhoffen sie sich in dem christlichen Europa.

Gegen Flüchtlinge zu demonstrieren heißt, gegen die Ärmsten der Armen zu demonstrieren. Christliches Gebot ist es dagegen, sich dieser Menschen anzunehmen und ihnen Obdach, Nahrung und Schutz zu geben. Auch an diesem Beispiel ist leicht erkennbar, dass es nicht die Religion ist, die einen Menschen verwirrt, sondern sein Verstand, der zu falschen Denk- und Handlungsweisen führt.

Ein weiteres Beispiel aus dem Bereich des christlichen Glaubens: Gott schuf die Welt in sechs Tagen und am siebten Tage ruhte er. Diese Behauptung steht im Gegensatz zu Ergebnissen moderner Evolutionsforschung.

Ich verstehe unter der biblischen Schöpfungsgeschichte die Vorstellung von Menschen, die vor mehr als 3000 Jahren gelebt haben und zu keinen anderen Erkenntnissen von der Erschaffung der Welt gekommen sind? Heute dagegen verfügt die moderne Wissenschaft über andere Forschungsmethoden, die andere Erkenntnisse ermöglichen. Trotz dieser Tatsache werden moderne Forschungsergebnisse „bekämpft", weil die Bibel allein Recht haben soll. Das führt dazu, dass neue Einsichten nicht wahrgenommen bzw. durchdacht werden. Für mich bedeutet die Forderung Descartes, dass ich meinen Verstand einsetze, indem ich über Gesagtes und Gesehenes nachdenke und es nicht ohne Prüfung einfach hinnehme und glaube.

Ich habe ein Zitat von Hippokrates (um 460 vor Chr. bis um 370 nach Chr.) gelesen, das meine Vorstellungen trifft. „Der Mensch sollte erkennen, dass seine Freuden, seine Genüsse, sein Lachen und sein Leichtsinn dem Gehirn, und dem Gehirn allein entspringen, desgleichen Kummer, Leid, Trauer und Tränen. Mithilfe des Gehirns denken, sehen und hören wir, unterscheiden wir zwischen schön und hässlich, zwischen Gut und Böse ... Das Gehirn löst Wahnsinn aus, füllt uns bei Tag und bei Nacht mit Grauen und Angst, stört unseren Schlaf, verursacht Irrtümer, sinnlose Panik, geistige Abwesenheit und lässt uns Dinge tun, die unserem Charakter fern liegen. Alles, was uns Leiden schafft, wird von einem kranken Gehirn ausgelöst ..." (und was Anhänger der PEGIDA denken, ebenfalls).

Ich behaupte, dass die Welt, die wir wahrnehmen, eine erst durch unser Gehirn entstandene Welt ist. Von der Wirklichkeit können wir vielleicht etwas ahnen, mehr nicht.

Auch dass wir uns Gott vorstellen, ist eine Sache des Gehirns. Gibt es dann in Wirklichkeit überhaupt einen Gott? Ja, ist meine Antwort, denn die Wirklichkeit kann nur durch menschliche Gehirne gemacht, wirklich sein.
Wir Menschen machen Gott! Aussagen in der Bibel über Gott sind von Menschen fixierte Gedanken über ihre Vorstellungen von Gott.

Gott, den ich als den Schöpfer des Himmels und der Erde betrachte, als den Ursprung aller Dinge, kann ich weder beschreiben noch beurteilen. Dazu reichen meine Geisteskräfte nicht aus. Wenn ich noch nicht einmal in der Lage bin, beispielsweise die 32 Figuren auf 64 Feldern eines Schachspiels so zu beherrschen, dass ich jede Partie gewinne, werden mir meine Grenzen klar. Welch eine Vermessenheit, sich Gott vorstellen zu können und zu beurteilen? Ich kann das nicht. Mir ist auch bewusst, dass ich mich über etwas stelle, wenn ich etwas beurteile. In diesem Falle wäre ich über Gott stehend und schaue damit auf ihn herab, ähnlich einem Chef, der einen Untergebenen beurteilt

Gott ist für mich eine Art Titel, wie der Titel, Kaiser, König oder Kanzler. Der Titel alleine sagt kaum etwas, er muss mit Inhalt gefüllt werden. Aber wie fülle ich den Titel Gott mit Inhalt?

Der Theologe Bonhoeffer soll gesagt haben, dass es den Gott nicht gibt, den wir uns vorstellen. In menschlichen Möglichkeiten, sich etwas vorstellen zu können, liegen unsere Stärken aber auch unsere Grenzen. Diese Grenze muss ich akzeptieren. Gott ist für mich nicht vorstellbar.

Ein guter erklärender Gedanke über die Vorstellung von Gott findet sich auch bei Martin Luther. "An was du dein Herz hängst, das ist dein Gott." Gott ist demnach also das, was ein Mensch für sehr wichtig hält, - an das er sein Herz hängt. So vielleicht ein Autonarr sein Auto, oder ein Richter die Gerechtigkeit, für die er sich täglich einsetzt und sein Leben danach ausrichtet, gerecht zu sein. Für die Nazis war es die Vorstellung des Herrenmenschen, der die Untermenschen der restlichen Welt versklaven soll und als Ziel die Weltherrschaft anstrebt. Dass dieser Spuk kranker Gehirne nur 12 Jahre dauerte und über große Teile der Welt Krieg mit Vernichtung, Tod und Elend brachte, ist uns bekannt und zeigt, was Glauben – auch im negativen Sinne - für Auswirkungen haben kann.

Wie soll ich dann glauben? Was ist Glauben überhaupt? Dieser Begriff kann nicht bedeuten, dass ich dann glaube, wenn ich etwas für wahr halte, was nach unseren Erfahrungen und nach der Logik nicht wahr sein kann. Würde das eine Glaubensgemeinschaft von ihren Gläubigen erwarten, dürfte sie sich nicht wundern, wenn Gläubige diese Glaubensgemeinschaft verlassen.

Im Hebräerbrief 11,1 steht die für mich entscheidende Aussage:

„Glaube aber ist: Feststehen in dem, was man erhofft, überzeugt sein von Dingen, die man nicht sieht".

Ich hoffe, dass alles in meinem Leben gut wird, auch wenn ich es mir nicht vorstellen kann, wie sich das von mir erhoffte Gute darstellen wird. Weiterhin bin ich davon überzeugt, dass es Dinge gibt, die ich nicht sehen, bzw. mit meinen Sinnesorganen wahrnehmen kann. Mehr aber auch nicht.

Ich werde immer wieder gefragt, ob ich zum Glauben gefunden hätte. Das erstaunt mich immer wieder, denn darauf weiß ich nichts zu sagen bzw. habe geantwortet, dass mir diese Gnade bisher nicht zuteilwurde.

In Glaubensdingen bin ich ein Suchender. Suchen heißt doch auch, sich aktiv Gedanken über Glaubensangelegenheiten zu machen in dem Sinne, wie es aus der Bibel bekannt ist, „Suchet, so werdet ihr finden!" Das Wort aus 1. Chronik 22,19 sagt Ähnliches: „So richtet euer Herz und euren Sinn darauf, den Herrn, euren Gott, zu suchen."

Wer alles glaubt, was ihm gesagt wird, ist kein suchender und kaum ein denkender Mensch. Wenn man mir meinen Mangel an Glauben vorwarf, konnte ich nur darauf, etwas sarkastisch vielleicht, antworten, dass Gott mich so gemacht hat wie ich bin und das kann man Gott nicht als Fehler anlasten, oder vielleicht doch?

Bei Unglücksgeschehen im Großen wie auch im Kleinen, ich habe das früher auch getan, fragen wir: „Warum lässt Gott das zu?" Ich fragte das auch, als meine Frau sterben und ich alleine weiterleben musste. In meinem Bemühen um eine Antwort erkannte ich, dass Leben und Entwicklung im Sinne der Evolution nur möglich ist, wenn es auch den Tod gibt. Den müssen wir akzeptieren, auch bei allem Leid, das einsame Hinterbliebene hinnehmen müssen.

Oder warum lässt Gott es zu, wenn Menschen ermordet werden, oder wenn Völkermord geschieht? Ich finde keine Antwort und kann nur denken und mir sagen, dass Gott diesen Mord oder den Völkermord nicht selbst getan bzw. angeordnet hat. Die Frage könnte doch auch dann gestellt werden, wenn es mir gut geht und mein Leben ordentlich verläuft mit einem Überfluss an Konsumgütern, ohne Hunger und Durst: „Warum lässt Gott das zu"? Bloß, wer fragt das schon, obwohl ich zu dem einen Drittel der Menschheit gehöre, das nicht täglich um ihr Überleben kämpfen muss, während es zwei Drittel tun müssen. Wem es auf wessen Kosten gut geht, wäre eine Überlegung wert.

Gott werden Dinge unterstellt. Gott will das so, dass unser Volk einen Krieg führt, er ist auf unserer Seite und auf den Koppelschlössern der Soldaten stand dann „Gott mit uns" oder Geistliche segnen auf beiden Seiten im Namen Gottes die Waffen. Dann schießen von Gott gesegnete Waffen aufeinander, was für ein Wahnsinn!

Ein weiteres Beispiel aus der Geschichte: „Deus vult", Gott will es, rief das Volk, als 1095 Papst Urban II. auf der Synode von Clermont zur Befreiung Jerusalems aufrief. Rund 200 Jahre Kreuzzüge, die letztendlich kaum etwas brachten außer Tod, Verwüstung und unsägliches Elend. Es scheint mir, dass Gott dann in Anspruch genommen wird, wenn es besonders um das Erreichen inhumaner politischer Ziele geht.

Die Bibel gilt als Gottes Wort. Darüber habe ich mich schon oft gestritten, denn die Verfasser sind im Neuen Testament u.a. die Evangelisten Markus, Matthäus, Lukas und Johannes. „Nun ja", wird man sagen, „Gott gab die Ideen für diese heiligen Schriften". Mein Einwand, woher weiß der Mensch das? „Ja", sagte mir einmal ein Gläubiger, „die Bundeskanzlerin schreibt auch nicht alles selbst, sie hat ihre Mitarbeiter, die die Schriftsätze in ihrem Sinne anfertigen und sie setzt dann ihren Namen darunter." So ist es auch bei Gott gewesen.

Ich kann nicht anders, die Bibel ist allein Menschenwerk von hohem menschlichem Geist inspiriert. Das schmälert dieses gewaltige Werk in keiner Weise. Ich lese fast täglich Bibeltexte. Das tue ich nicht, um gläubig zu werden, sondern deshalb, um meine religiöse Bildung zu erweitern. Ich verhalte mich damit wie ein Mensch, der sich täglich mit einem Wissenschaftsgebiet befasst, um mehr Wissen zu erlangen.

Die Schreiber der Bibel erklären aus ihrer Zeit her die Entstehung und Beschaffenheit der Welt. Sie beschreiben die Geschichte des Volkes Israel und die wechselvolle Geschichte ihrer Unterdrücker und Feinde. Sie geben Regeln vor, nach denen Menschen leben sollten, um ein Leben ohne Gewalt und Willkür führen zu können. Die 10 Gebote sind klare Handlungsanweisungen für alle Menschen. Sie sind eine Grundlage für unsere demokratische Verfassung und Gesetzgebung. Ursprünge demokratischer Grundlagen sind in der Bibel vorhanden „die Sonne scheint auf Gerechte und Ungerechte" oder alle sind „Gottes Kinder", Hinweise auf die Gleichheit aller Menschen, zumindest erstmal vor Gott.

Im Brief von Paulus an die Römer liegt in den ersten acht Kapiteln die Grundlage der christlichen Lehre. Hätte es einen Jesus Christus gegeben, wenn es keinen Paulus gegeben hätte? Ich bezweifle das, denn nach historischer Erkenntnis, galt Jesus als Aufrührer und Unruhestifter, der auf Betreiben der Pharisäer hingerichtet wurde. Die wenigen Jünger hätten sich verlaufen und das, was Jesus gelebt und gesagt hat, wäre in Vergessenheit geraten. Auch hier zeigt es sich, dass Menschen Jesus zu Gottes Sohn gemacht haben. Das schmälert keinesfalls die weltgeschichtliche Bedeutung der christlichen Religion.

Die Gleichnisse Jesu sind bildhafte Beschreibungen von Regeln zu einem menschenwürdigen Zusammenleben aller Menschen. Ich frage mich, mit welchen Gleichnissen ich einem Menschen klar machen könnte, was christliche Absichten und Zielvorstellungen für ein humanes Zusammenleben in Frieden und Freiheit sein könnten.

Das Gleichnis vom großen Gastmahl. Freunde werden von einem reichen Mann zu einem Fest eingeladen. Sie folgen der Einladung nicht und nennen Gründe für ihr Verhalten. Der Gastgeber ist zu Recht zornig und schickt seine Diener aus, alle einzuladen, die auf den Straßen anzutreffen sind, ohne Ansehen der Person. Für mich heißt das, sich auf Religiöses einzulassen und einfach „hinzugehen". Mehr muss nicht getan werden!

Oder das Gleichnis von den Arbeitern im Weinberg, die alle, wie lange auch jeder gearbeitet hatte, am Abend reichlichen aber gleichen Lohn bekamen. Die Arbeiter fanden das ungerecht, denn nach ihrer Vorstellung muss jeder nach seiner erbrachten Leistung entlohnt werden. Mir wird deutlich, dass das Gleichnis sagen will, dass göttliche Gerechtigkeit eine andere ist, als menschliche und dass es nicht nur nach Leistung geht. Können wir das verstehen?

Auch das Gleichnis von der Frau, die wegen Ehebruchs gesteinigt werden soll und Jesus zu den Vollstreckern sagt: „Wer von euch ohne Schuld ist, der werfe den ersten Stein."

Für mich zentrales Thema der christlichen Religion ist die Vorstellung von der Auferstehung. Glaube ich daran, oder tue ich es nicht? Ich fand eine Aussage bei Epikur, um 341 v. Chr. bis 270 v. Chr., einem griechischen Philosophen:

„Gewöhne dich daran zu glauben, dass der Tod keine Bedeutung für uns hat. Denn alles, was gut, und alles, was schlecht ist, ist Sache der Wahrnehmung. Der Verlust der Wahrnehmung aber ist der Tod. […] Das schauerlichste aller Übel, der Tod, hat also keine Bedeutung für uns; denn solange wir da sind, ist der Tod nicht da, wenn aber der Tod da ist, dann sind wir nicht da."

Christen glauben an die Auferstehung der Seele, denn diese ist unsterblich. Ich habe mich für diese Auffassung entschieden, denn sie lässt mich hoffen, dass ich alle die Menschen in der Ewigkeit wiedertreffen werde, die mir in meinem Leben etwas bedeuteten. Sie sind nur vorausgegangen und ich werde sie wiedersehen. Diese Gedanken tun mir gut, denn ich weiß, dass nach dem Ende meines Lebens nicht alles zu Ende ist. Damit bin ich wieder beim Kern meiner Vorstellung: Meine Welt ist so beschaffen und damit für mich Realität, wie ich sie mir vorstelle, denn sie kann immer nur in meinem Kopf entstehen.

Alles befindet sich im Wandel. So auch die Kirche. Das muss so sein und ist nicht negativ zu betrachten. Die Kirchen sind die Sammelstellen für Gläubige.

Grundsätzlich sind für mich alle Religionen sinnvoll und gut, sofern sie sich darum bemühen, dass Menschen friedlich miteinander umgehen, Ausgrenzungen Andersdenkender unterbleiben, sich für den Frieden einsetzen, Benachteiligten und Armen helfen und all jenen Menschen Heimat geben, die Suchende sind. Dogmatische Glaubenssätze beschränken die Freiheit des Denkens und dafür darf sich die Kirche nicht hergeben.

Der Kirche werden zu Recht Verfehlungen angelastet. Missbrauch von Schutzbefohlenen und Geldverschwendung sind Vorwürfe, die in den letzten Jahren erhoben wurden. Die Kirche deswegen als Gesamtes abzulehnen und aus der Kirche auszutreten, kann für mich nicht die richtige Entscheidung sein. Ich versuche, in meiner dörflichen Kirchengemeinde mitzuwirken und im guten Sinne Einfluss zu nehmen, denn die Gläubigen sind die Kirche und dazu gehöre ich auch.

Die Kirche braucht Geld. Geld, das nicht nur für Mitarbeiter- und Pastorengehälter benötigt wird, sondern auch zur Finanzierung von Veranstaltungen, zum Erhalt kirchlicher Einrichtungen (Kindertagesstätten, Schulen, Seniorenheime und Krankenhäuser) und für Hilfen von notleidenden Menschen. Viele kleine Spenden ermöglichen ein großes Werk und ich bin mit meiner Spende dabei.

Mit diesem Beitrag beabsichtige ich, mit meinen Mitmenschen ins Gespräch zu kommen, und für Resonanz wäre ich dankbar.

Gustav Denzer

Liebe

Solang die Welt steht,
wird man danach suchen;
solang ein Lied klingt,
singt die Melodie.

Man wird sie wechselnd suchen und verfluchen;
ihr Zerrbild sieht man oft,
sie selber nie.

Wir glauben ihr in unsern stillsten Stunden
und schmähen sie im schweren Gang der Welt.
Kaum ahnen wir den Funken als gefunden,
ist er uns am Leben
jäh zerschellt.

Wir gehn ihr nach.
Wie weit ist ihre Ferne
von Sehnsuchtstiefe bis zum letzten Spott?
Die Liebe ist so fern wie unsre Sterne:

Zeigt mir die Liebe,
und ihr zeigt mir Gott!

Anonymus

Die Vorgeschichte zum Traktat

über eine Geschichte am Rande des Paradieses

Als ehemals konfirmierter Andersglaubender hatte ich vor fünf Jahren erstmals die seltene Gelegenheit, im Münchner Gasteig Haydns Oratorium „Die Schöpfung" zu hören. Beim Hören von Oratorien habe ich das Problem, dass die Texte meist schwer zu verstehen sind. Und weil ich mich darauf nicht vorbereitet hatte, las ich den Inhalt der *Genesis* im 1. Buch Mose erneut danach zu Hause. Doch anders als bei Haydn, dem dabei so wunderbare Tongebilde einfielen, tauchten bei mir nun Unstimmigkeiten, logische Brüche und Fragen auf.

Wenn sich die Gelegenheit gab, redete ich darüber mit Menschen, die eine Resonanz erwarten ließen. Sprach also mit Vertretern der Kirchen: es brachte mich nicht weiter. Sprach auch mit den Zeugen Jehovas. Sie zeigten mir sofort die Lösung!
Doch ich hatte Einwände: die Belegautoren in der Bibel seien Jahrhunderte *nach* dem ersten Mordfall der Welt, ja sogar erst nach Christi Geburt geboren und hätten die Genesis nur dank ihrer Bildung deuten können. Die Fundstellen seien also gar nicht authentisch!

Um mir weiterzuhelfen gaben sie mir Zugang zu ihrer Bibel-Datenbank. So konnte ich durch Eingabe von Suchbegriffen (neuerdings sagt man auch *Selektoren* dazu) in vielen Quellen schürfen – wurde aber auch dort nicht fündig. Womöglich ausgelöst durch meine Fragen tauchten zwischendurch sogar Antworten in ihren Gazetten (*Wachturm, Erwachet!*) auf. Aber auch die befriedigten mich nicht.

Zunächst schrieb ich die bisherigen Erkenntnisse über diese dubiose Mordgeschichte auf, und recherchierte weiter. Gewiss, meine Deutungen wären auch nicht authentisch, sie würden aber das Ergebnis eigener Überlegungen sein. Diese Freiheit erlaubte ich mir.

Das, was ich nun erstmals nach meiner Konfirmation in einem völlig anderen Licht sah, irritierte und faszinierte mich und machte mich immer neugieriger. Sollte ich vielleicht auf etwas gestoßen sein, was religiöse berufsmäßige Grübler trotz jahrelangem Quellenstudium übersehen hätten?
Zunehmende Freude bei dieser mühseligen Feinarbeit hat mir geholfen, das nun folgende Traktat zu vollenden.

Tatort am Rande des Paradieses

Eine Geschichte aus einer längst vergangenen Zeit

URGESCHICHTLICHES

Etwa 13 Milliarden Jahre nach dem Urknall, bei dem das Nichts in positive und negative Materie gespalten wurde, entschied sich der Schöpfer des Universums, am Rande der Milchstraße ein Sonnensystem mit dem Planeten *Erde* zu erschaffen. Auf der Erde schuf er im Zweistromland zwischen Euphrat und Tigris den *Garten Eden*, den ersten Wohnort des ersten Menschen.

VORGESCHICHTE

Die Erschaffung dieses *Paradieses* ließ die künftigen Bewohner den ewigen Frieden und eine zufriedenstellende Weiterentwicklung erwarten. Darüber berichtet Mose, der erste Schriftsteller und Religionsbegründer dieser Zeit, in seinem Ersten Buch – niedergeschrieben vor über 3000 Jahren. Heute, in unserer von so vielen Zerstörungen geprägten Gegenwart, drohen dieser Region nun das Verleugnenmüssen, die Unterwerfung und eine kulturelle Auslöschung.

Viele Bäume wuchsen damals im Garten Eden, an denen allerlei Früchte hingen. Die Früchte am *Baum der Erkenntnis* hätten die Menschen zur Unterscheidung von Gut und Böse, auch von Glauben und Wissen sowie zum Bewusstsein über sich selbst verhelfen können, waren aber tabu. Noch vor der Geburt ihrer ersten Kinder mussten die zwei Erdenbewohner das sorgenlose Leben wieder aufgeben; wegen der Ur-Sünde – des Verzehrs dieser verbotenen Frucht.

Mit der Geburt von Kain und Abel wurde auch ein Grundstein zur Marktwirtschaft gelegt. Als Erstgeborener trat Kain in die Fußstapfen seines Vaters und erlernte die Kunst des Ackerbaus. Abel musste sich eine Marktlücke suchen und er fand die Viehzucht. Vor diesem Hintergrund entwickelte sich eine Konkurrenz, die letztlich zu einem Familiendrama führte. Dessen Aufklärung soll hier nun aus einer neuen Sichtweise endlich abgeschlossen werden.

VORGEHENSWEISE

Drei Thesen sollen betrachtet werden:

A≶ Abel, der Zweitgeborene, muss die Erzählung seiner Eltern von der Vertreibung aus dem Paradies falsch oder gar nicht verstanden haben. Er sah nur die armselige Schufterei seines Bruders in der Landwirtschaft und beschloss Viehhirt zu werden. Seine Ermordung ist eine Strafe dafür, dass er nicht Kraut sondern Fleisch gegessen hat.

B≶ Bei der Auslegung, welche Ernährungform bei den wenigen Auswahlmöglichkeiten zu der Zeit wohl die richtige und gesunde wäre, hat man wegen fehlender Forschungsmöglichkeiten die wahre Absicht des Schöpfers nicht erkennen können.

C≶ Die bodenständige Denkweise des Gemüsebauers Kain war ausgesprochen rechtgläubig und geprägt vom mühsamen Ackern unter schwierigen Anbaubedingungen. Mit der Nichtachtung seiner Opfergabe erlebte er die erste bittere Enttäuschung in seinem Leben, die ihn in der Folge zum ersten Exodus der Weltgeschichte führte.

Damit auch Unkundige oder religiös Ungeübte die Zusammenhänge nachvollziehen können, nun für alle zunächst die wichtigsten Belegstellen aus der Heiligen Schrift bzw. der Bibel zu diesem Thema:

DIE STRAFE NACH DEM SÜNDENFALL:

Kapitel **3**

... [*Vers*] **16** *Und zum Weibe sprach er: „Ich will dir viel Mühe machen, wenn du schwanger wirst; unter Mühen sollst du Kinder gebären. Und dein Verlangen soll nach deinem Manne sein, er aber soll dein Herr sein". **17** Und zum Manne sprach er: „Weil du gehorcht hast der Stimme deines Weibes und gegessen von dem Baum, von dem ich dir gebot und sprach: ‚Du sollst nicht davon essen' - verflucht sei der Acker um deinetwillen! Mit Mühsal sollst du dich von ihm nähren dein Leben lang. **18** Dornen* *und Disteln soll er dir tragen, und du sollst das Kraut auf dem Felde essen.* **19** *Im Schweiße deines Angesichts sollst du dein Brot essen, bis du wieder zu Erde werdest, davon du genommen bist".*

Anmerkungen zu den Versen **17** bis **19**:

Adam (er ist endlich nicht mehr allein auf dieser Welt) hat Eva zuliebe aus ihrer Hand einen Granatapfel gegessen (oder war es eine Feige?). Unglücklicherweise aber ist die Frucht mit einem Gebot belastet (heute würde man sagen „schadstoffbelastet"), was für sie beide unvorhergesehene Folgen nach sich zieht:

Die Strafe heißt nun: Die schmerzfreie Geburt wird abgeschafft (obwohl sie noch gar nicht wissen können, was eine Geburt überhaupt ist); Verzicht auf fleischliche Kost oder Schafskäse; jeden Tag nur Fladenbrot oder Hirsebrei, und elende Schufterei gegen das Verhungern. Für immer!

Was sie aber jetzt auch noch nicht wissen können: 900 Jahre später wird es in Gottes Gebots-Register *Fristen* ein *Update* 2.0 geben.

DIE ZUSPITZUNG

Kap. **4** (Der Brudermord)

Dann erkannte der Mensch als Mann die Eva, seine Frau; sie wurde schwanger, gebar den Kain...2 Danach gebar sie Abel, seinen Bruder. Abel wurde ein Viehhirt, Kain aber war Ackerbauer. 3 Nach einiger Zeit brachte Kain von den Früchten des Ackers dem Schöpfer eine Opfergabe dar. 4 Daraufhin brachte auch Abel etwas von den Erstgeburten seiner Herde und von ihren Fettstücken dar. Und der HERR beachtete Abel und seine Opfergabe, **5** *Kain aber und seine Opfergabe beachtete er nicht....*

Anmerkungen zu **3** bis **5**:

Kain&Abel beschließen, dem HERRN etwas zum Erntedank zu opfern.

Kain, der seinen Vater beim Gemüse- und Kornanbau unterstützt, legt womöglich ein selbstgebackenes Fladenbrot und eine Melone von seinem Feld auf den Altar. Abel, der schon weiß, was gut schmeckt, grillt ein Lamm und legt es rechts daneben.

Und dem Schöpfer läuft angesichts Abels duftenden Bratens das Wasser im Mund zusammen; Kains tadellose Opfergabe aber lässt er links liegen. Diese Ungerechtigkeit verstehe einer.

*… **8** Da sprach Kain zu seinem Bruder Abel: „Lass uns aufs Feld gehen!" Und es begab sich, als sie auf dem Felde waren, erhob sich Kain wider seinen Bruder Abel und tötete ihn. …*

Eine Verschärfung der Strafe:

*… **12** „Wenn du den Acker bebauen wirst, soll er dir hinfort seinen Ertrag nicht geben. Unstet und flüchtig sollst du sein auf Erden." … **16** So zog Kain los, fort vom Angesicht des Herrn und wohnte im Lande Nod, östlich von Eden.*

Anmerkungen zu **12** und **16**:

Abel ist tot. Kain wird von Gott nun noch schlimmer bestraft als vor Jahren sein Vater wegen des verspeisten Apfels: er wird gnädigerweise mit einem Tattoo gekennzeichnet und aus dem Zweistromland verbannt!

Notgedrungen wandert er aus, in ein Land jenseits vom Tigris. Dort ist von seiner Untat nichts bekannt und die Äcker sind auch nicht verflucht. Obwohl, wegen Abels bekanntermaßen gottgefälligen Erfolges wird er womöglich nun auch Viehzüchter geworden sein – man weiß es nicht!

Heute leben östlich vom Tigris überwiegend Kurden und Jesiden, die ebenso um ihr Überleben kämpfen müssen.

Kap. 5 (Adams dritter Sohn)

… 3 Und Adam war 130 Jahre alt und zeugte noch einen Sohn, ihm gleich und nach seinem Bilde, und nannte ihn Set 4 und lebte danach noch 800 Jahre

Wie geht es nach dem Exodus weiter?

Kain ist fort und kommt nie wieder zurück. Adam bestellt weiterhin allein seine Äcker und ernährt sich brav vegan, oder eher vegetarisch.

Und Eva? – Sie hat sich möglicherweise eine Hühnerschar gehalten und damit ihren Eiweißbedarf gedeckt, sie muss ja nicht nur vom Kraut aus Adams Ernte essen! – Vielleicht lebten Sie getrennt am Tisch, aber sicher nicht im Bett:

Adam überzeugt Eva nach langem Nachdenken, dass es zur Weiterentwicklung ihres Stammbaums und zur Unterstützung beim Ackern ganz sinnvoll sein könnte, sich noch ein Kind anzuschaffen.

Gesagt, getan: der dann makellos geratene Sohn *Set* baut zunächst eine großartige Dynastie auf, die aber im Laufe der Zeit immer mehr verlottert. Erst in der siebenten Urenkelgeneration entwickelt sich mit der Familie Noahs wieder ein frommer Zweig. Darüber erfreut, veranlasst das den Herrn nun, alle anderen noch lebenden Nachkommen Sets mit Hilfe einer Sintflut zu beseitigen.

Das unglaublich hohe Lebensalter der Menschen wird anschließend aus pragmatischen Gründen auf 120 Jahre herabgesetzt (update!). Es verringert die in Kapitel **3** eingeführte Mühsal bei der Lebensmittelproduktion um über 800 Jahre (pro Generation!), und verkleinert unsere ökologischen und sozialen Probleme zum Beginn des dritten Jahrtausend nach Christus wesentlich.

DAS RESÜMEE

Zu den Thesen:

A Auf Adams unfruchtbaren Äckern fraßen Abels Ziegen und Schafe das für Menschen kaum verdauliche Kraut. Schwerwiegend war, dass Abel sein Brot aber nicht im Schweiße seines Angesichts aß. Stattdessen ernährte er sich ohne Argwohn mit knusprigem Lammbraten oder aromatischem Ziegenkäse – in echter BIO-Qualität. Und das war eine Todsünde!

B Als älterer Bruder hätte Kain Abel auf die strengen Auflagen als Folge des Sündenfalls aufmerksam machen und etwas Einkorn für das Fladenbrot abgeben sollen. Vielleicht im Tausch mit einer Keule vom Lamm oder Rippchen von der Ziege. Gemeinsam hätten sie dann den Schöpfer höflich darauf hinweisen können, dass Gebratenes (Fett und Eiweiß) zusammen mit Brot (Kohlenhydrate) besser schmeckt, und ausgewogene Mischkost auf Dauer gesünder ist, – alles ganz diplomatisch natürlich.

Aus den zitierten Bibelversen ist eindeutig abzuleiten, dass die Menschen, zumindest die männlichen, nur vegetarische Kost essen dürfen!

C Kain war überzeugt, alles richtig gemacht zu haben. Nach der Bestrafung seiner Eltern im Garten Eden hatte er als erstgeborener Sohn die zu beackernde Landfläche seines Vaters vergrößert und bei der Bewirtschaftung alle Gebote des Schöpfers eingehalten. Er war sich deshalb keiner Verfehlung bewusst – aber fürchterlich wütend über die Missachtung seines Erntedankopfers.

Über tausend Jahre später erklärt der von einer Jungfrau geborene Sohn des Schöpfers: „So ist im Himmel mehr Freude über einen Sünder, der Buße tut, als über 99 Gerechte." Dieses wissend, hätte Kain damals möglicherweise seinen Bruder nicht erschlagen brauchen und weiterhin innerhalb der Familie leben dürfen.

»Darf der Mensch nun gerne Fleisch essen oder soll er besser vegetarisch leben«? Diese Frage ist bis heute nicht eindeutig entschieden worden. Man muss aber annehmen, dass seit dem Sündenfall eigentlich nur vegetarisches Essen erlaubt ist.

In dieser Angelegenheit hätte der Schöpfer viel früher reagieren müssen, zumal Abel von Anfang an allein schon mit der Viehzucht seine Gebote nicht eingehalten hatte. Das Opferlamm setzte diesem Verstoß nun noch eine Krone auf!

Gott hat damals sicherlich vorhergesehen, dass auf lange Sicht der Hunger *aller* Menschen auf der Erde nur mit pflanzlicher Ernährung zu stillen ist; für diese Annahme spricht auch die oben erwähnte Herabsetzung des Lebensalters auf das bis heute noch gültige Höchstmaß.

Schließlich wissen wir, dass die etwa zehnfache Menge an pflanzlichem Futter erforderlich ist, um ein Kilogramm tierischen Eiweißes erzeugen zu können. Der Lebensraum aller Menschen ist aber nicht groß genug um sie mit ebenso viel Fleisch zu versorgen, wie wir in den wohlhabenden Ländern heute im Überfluss haben.

ERGO:

Möge der wohlwollende Leser dieses Traktates, je nach seiner Überzeugung oder Religionszugehörigkeit nun selbst entscheiden, welche Auslegung über die Folgen des Sündenfalls und der Ursache des Brudermordes die vielleicht plausibelste oder annehmbarste ist.

Ferdinand Alms

Quellen:

⊙ *Volksbibel* von 1972, Ausg. 1984   ISBN 3438 01321 5;
⊙ *Bibel in gerechter Sprache* 2. Aufl. 2006   ISBN 978-3-579-05500-8
⊙ *Jehovas Zeugen* www.jw.org

Nachwort des Herausgebers

Schriftstellerisch tätig zu sein ist mehr als Sätze aufs Papier zu bringen. Es ist auch ein leidenschaftlicher Ausdruck der Persönlichkeit der Autoren, der Drang zu einer Offenbarung.

Manchen von ihnen ist ihre Schreibarbeit an diesem kleinen Buch leicht gefallen, andere haben um jede Formulierung ringen müssen, damit der Text endlich das auch wiedergibt, was er eigentlich aussagen soll. Allen aber hat die Arbeit an ihren Texten sicherlich Spaß gemacht!

Die Ansprüche der Beiträge sind gewiss unterschiedlich, die Erwartungen der Leser ebenso. Die Reihung der Titel wurde deshalb nach Möglichkeit der Problematik oder dem Milieu gewidmet, und der Umfang der Kurzgeschichten und Anekdoten auf neun Buchseiten beschränkt.

„Es ist seltsam, dass man ein Buch gar nicht einfach nur lesen kann, man muss es nur wieder lesen, wenn man es besser verstehen will." schrieb sinngemäß der Romancier *Vladimir Nabokov* einmal. Diese Aussage habe ich während meines Lektorats bestätigt gesehen: Habe ich doch manche Beiträge dieser Sammlung erst dann in diese Sammlung aufnehmen können.

Ferdinand Alms